Bora Ćosić
Operation Kaspar

Roman

Aus dem Serbischen
von Brigitte Döbert

Schöffling & Co.

Der Verlag dankt dem Ministerium für Kultur der Republik Serbien
für die freundliche Förderung der Übersetzung des Buches.

Република Србија
Министарство културе, информисања
и информационог друштва

Die Übersetzerin wurde mit je einem Arbeitsstipendium
der Senatsverwaltung für Kultur und Europa des Landes Berlin
und des Deutschen Übersetzerfonds gefördert.

Deutsche Erstausgabe

Erste Auflage 2022

Originaltitel: *Kasparov projekt*
Originalverlag: Reihe Apatridi, Vanredno kolo 36 bei Radio B 92

Satz: Fotosatz Amann, Memmingen
Druck & Bindung: Pustet, Regensburg
ISBN 978-3-89561-617-4

www.schoeffling.de

Operation Kaspar

Der Stall

Früher oder später gewöhnt man sich an das Zimmer des eigenen Lebens, nicht anders als man nach einiger Zeit gegen den eigenen Geruch unempfindlich wird. Selbst wenn man nach Unbehagen und Bitterkeit riecht, einer Art Moschus, dem Mief der Langeweile. So bleibt meist nur der Raum, in dem sich der Mann morgens rasiert. Er steht im Unterhemd am Waschbecken und blickt gedankenverloren in die Seifenbrühe. In einem Zimmer, lange nicht geputzt, unaufgeräumt, vollgestopft mit Kram. Der eigentlich nicht hierhergehört, sodass der Verschlag, der für die tägliche Rasur gedacht ist, offenbar als Lager für komplette Schicksale herhalten muss. Unterdessen starrt der Mann, immer noch unrasiert, in das Becken voll Lauge und fragt sich, wie es so weit kommen konnte. Früher, denkt er, war alles ordentlich, und dann geriet so viel durcheinander. Im schmutzig grauen Wasser kann sich der Mann nicht sehen, sein Gesicht nicht und seine Vergangenheit schon gar nicht. Deswegen steht er da, unentschlossen, ob er sich rasieren soll oder nicht, unsicher, ob das Zimmer, in dem er steht, überhaupt ihm gehört. Oder eher dem gemeinen Europäer, den genau genommen keiner kennt. Von daher seine Neigung, von der Handlung am Waschbecken Abstand zu nehmen. Der vorliegende Bericht handelt von einem Angehörigen unserer Rasse, einem Mann, den plötzlich das Gefühl beschleicht, er sollte von allem Abstand nehmen und vor allem aufhören, dieser Rasse anzugehören. Keine Lust mehr, jeden Morgen die paar Stoppeln abzurasieren. Wobei der Bart eines Mannes am Rande der Verzweiflung vermutlich schwächer wächst als bei einem, der sich mit brachialem Schwung durchs Leben schlägt. So wie alles, was ein fast Verzweifelter tut, schwächer ausfällt, schleppend, kaum wahrnehmbar. Und auch sein Leben vergeht, ohne groß Spuren zu hinterlassen. Eigentlich vergeht jedermanns Leben so, es geht ganz überwiegend geräuschlos seinen Gang, und auch die Zeit verstreicht, ohne dass sie ein spezifisches Geräusch von sich gäbe.

In dem Zimmer muss der Mann, immer noch unrasiert, erst die morgendlichen Dämonen vertreiben, bevor er sich anderen Dingen zuwenden kann. Beispielsweise Gedanken, die das Geschehen außerhalb des Zimmers betreffen. Vielleicht erwartet ihn ein Leben an der frischen Luft, unter Bäumen, auf Wiesen, mit Vögeln ringsum. Vielleicht auch nicht. So oder so könnte er die Stadt, in der er lebt, in Gedanken anheben, einschließlich der Fabrik am Stadtrand, in der er womöglich Arbeit fände. Dann könnte er Drähte spannen und Apparate anschließen, um die Fabrik mit den übrigen Gebäuden der Stadt zu verbinden. Danach führen Straßenbahnen, und unter der Erde ertönte der Pfiff einer Lokomotive. Zuletzt müsste das alles noch gezeichnet und mit einfachen Worten beschrieben werden: Unterirdisch pfeift ein Zug, und der Schornstein, der zur Fabrik gehört, qualmt.

Eine der Ideen des Mannes ist, dass er eine Gefährtin haben müsste. Zufällig handelt der vorliegende Bericht von einem Mann und einer Frau, die zusammenleben, ohne sich zu kennen. Endlich sehe ich, wie sich mein Held in besagtem Badezimmer rasiert. Er steht in Unterwäsche da, er besitzt bloß zwei, drei Garderoben, die müssen für alles, was das Leben erfordert, ausreichen, und die Unterwäsche ist fürs Rasieren vorgesehen. Auch seine Frau läuft, während er sich rasiert, in Unterwäsche durch die Wohnung. Der Unterrock ist Mitte des zwanzigsten Jahrhunderts und wahrscheinlich auch später noch das weibliche Kleidungsstück schlechthin, ein seidenes Etwas und alles andere als eine neutrale Sache, der Unterrock ermöglichte seiner Trägerin damals einen vollwertigen Auftritt. Etwa um durch die Wohnung zu laufen, während sich der Mann mit seinem Unterwäschedress im Badezimmer rasiert. Sie kann gar nichts anderes tragen, während sie durch eine Wohnung läuft, in der sich ein Mann rasiert. Es ist so unvorstellbar wie bei jeder anderen Frau, von denen jeder Mann mindestens eine aus eigener Anschauung kennt. Sie laufen im Unterrock durch die Wohnung, während man sich im Badezimmer rasiert, und dann schaltet man gemeinsam das Radio ein. Das geht so weit, dass man einsam in seiner Ecke sitzt und sich das Mädel im Radio gar nicht anders als im Unterrock vorstellen kann, während sie den Wetterbericht ins Mikro spricht. Und weil sie ohnehin sagt, dass das Wetter schlecht wird, wäre es doch nur vernünftig, wenn sie es sich in ihrem Studio weit weg in einer anderen Stadt im Unterrock und womöglich barfuß bequem machte.

Ich kann nicht genau sagen, warum, doch die Frau wirkt, so wie sie in ihrem Unterrock herumläuft, unsicher und nervös. Wenn sie eine Schublade aufzieht, etwa um eine Spule Nähgarn herauszunehmen, bleibt die Schublade anschließend offen, auf unbestimmte Zeit. So wie die vielen anderen Schubladen, die halb geöffnet aus dem Schrank quellen wie Innereien aus einem aufgeschlitzten Bauch. Dadurch ist das wuchtige Möbelstück dauernd im Weg, die Frau fühlt sich bei ihren Wohnungswanderungen gestört und reißt ständig den Mund auf wegen der zahlreichen Hindernisse. Sie scheint jeden Gegenstand, den sie zur Hand nimmt, dort liegen zu lassen, wo sie ihn für den Moment brauchte, und schichtet auf diese Weise Berge von Dingen auf, die dem Zimmer allmählich den Charakter einer Landschaft geben. Denn alles hier ist hügelig, kein Zentimeter ebene Fläche verblieben, fehlen nur noch Sträucher und Eichhörnchen. An diese Phänomene ist der Begleiter der Frau längst gewöhnt, er wähnt sich beinah draußen in der Natur, vielleicht auf einem Ausflug. Möglich, dass in unzähligen Zimmern unserer Zivilisation Menschen mitunter das Gefühl haben, nicht durch ihre Zimmer, sondern durch ein Wäldchen oder über ein vom Unkraut überwuchertes Feld zu gehen. Weil das Leben vieler Menschen einer Brache gleicht, einem Feld, das eigentlich beackert gehörte, nur dass der Eigentümer dieses Fleckchens Erde die Landwirtschaft aufgegeben hat. Weshalb das Erdreich, auf dem die Städte stehen, unversehens in einzelne Häuser, innerhalb dieser Häuser in einzelne Wohnungen und innerhalb dieser Wohnungen in einzelne Zimmer eindringt, wie wenn das bürgerliche Leben aus verschiedenerlei Gründen nach und nach zugeschüttet würde oder sich vor dem Anbranden der Felsbrocken und Steine zurückzöge.

Der Mann trägt meistens einen Hut, er denkt, der sei beinah sein ganzer Besitz, und unter diesem Hut, einem Proletarier des Lebens gleich, bringt er seine Tage in dem Zimmer zu, von dem ich rede. So sehen entlassene Werktätige aus, die in eine Ecke gekauert im Schutz einer Hauswand auf eine Gelegenheit hoffen. Doch war die Menschheit, soweit europäisch, im zwanzigsten Jahrhundert nicht immer wieder in der Situation eines Arbeitslosen, der nicht ein noch aus weiß? Und wenn er mal zum Dienst gerufen wurde, dann zu dem an der Waffe, Gewehre waren die geläufigsten Werkzeuge jener Zeit.

Der Hut stört den Mann überhaupt nicht, während

er eine alte Zeitung liest oder ab und zu Geige spielt, in der Ecke. Auch die Frau im Unterrock ist noch da, barfuß. Sie wuselt wie immer durchs Zimmer, wirkt in ihrem Auftreten immer noch nervös. Erst versucht sie, den Wasserhahn in der Küche zuzudrehen, damit er nicht ständig tropft, dann tritt sie vor den Spiegel und betrachtet sich lange in ihrem Unterrock. Manchmal fährt sie sich durch die Haare, meistens schweigt sie. Die beiden reden wenig oder fast nichts miteinander. Es gäbe recht viel, was der Mann der Frau zu sagen hätte, aber wozu? Alles, was ein solches Paar einander zu sagen hätte, wurde schon tausend Mal gesagt. Von der Glühbirne, dem Regen, über den Morgen und die Küchenschabe. Wo all diese Erscheinungen auch ohne die Worte, ja, so viel besser ohne die Worte existieren, die sie bezeichnen! Daher das Schweigen zwischen den beiden. Sie leben einfach nebeneinander in dem Universalzimmer ihres Lebens, wir alle leben dort, wir geben es nur nicht zu. Weil das Leben uns anstrengt und quält. Besonders die Frau, sozusagen meine Heldin. Von der ich erzähle, als würde ich sie sehr gut kennen, nur weil ich andere Frauen kannte, die zu Hause gern im Unterrock herumliefen. Und zwar barfuß. Während ein ähnlicher Mann in der Ecke saß, mit Hut. Und nichts anderes im Sinn hatte, als Zeitung zu lesen und ein wenig Geige zu spielen.

Die Frau sucht unterdessen die Strom- und die Gasrechnung, eben lagen sie noch da, plötzlich sind sie weg.

Sie könnten zwischen die Briefe und Postkarten gerutscht sein, die auf dem ganzen Tisch verstreut liegen. Oder sind unter die Zeitschrift auf dem Boden geflattert, in der ein Artikel beschreibt, wie der weibliche Busen zu pflegen sei. Dort liegen auch leere Flaschen, die durch den Raum rollen und gelegentlich klirren, während die Frau hin und her rennt, immer noch in der Hoffnung, die verdammten Rechnungen für Strom und Gas zu finden. Die blöden Schriftstücke waren eben doch noch da, und jetzt sind sie weg, sind vielleicht runtergefallen. Ein Blatt Papier fällt gern mal hinter die Anrichte oder kriecht unter ein anderes Blatt und bleibt wie vom Erdboden verschluckt. Das ist der besondere Fluch kleiner Dinge, irgendwo dahinter- oder dazwischenzufallen, und weg sind sie. Fliehen vor der menschlichen Aufmerksamkeit wie ein Dieb, der sich vor der Polizei versteckt. Gereizt sucht die Frau hinter der Anrichte weiter, rückt sie von der Wand ab, findet einen Knopf (den Wintermantel dazu hat sie vor zehn Jahren weggeworfen), ein Foto ihrer Großmutter, eine verbogene Gabel, ein eingetrocknetes Stück Wurst, aber die Rechnungen findet sie nicht, als hätten sie sich in Luft aufgelöst! Dabei sind sie ganz bestimmt noch nicht bezahlt, am Ende werden ihnen noch Strom und Gas abgestellt! So wie das Telefon aus dem nämlichen Grund schon vor längerer Zeit abgestellt wurde. Was letztlich nicht schlimm war. Denn wann immer sie jemanden anrief, war der Jemand angeblich gerade beim

Haarewaschen oder hatte eine Suppe auf dem Herd stehen oder es hatte an der Tür geklingelt, und schon hängte der universale verhinderte Jemand wieder ein. Zu allem Überfluss ist die Uhr in der Nacht stehen geblieben, und jetzt ärgert sich die Frau, weil sie nicht weiß, wie spät es ist. Auch wenn Zeit im gemeinsamen Haus unserer Zivilisation wenig bis nichts bedeutet. Man sieht sie höchstens den Blechnäpfen an, die durch langen unsanften Gebrauch in der Küche verbeult sind und allmählich Rost ansetzen. Das ist die einzige Spur, die die Zeit in der Wohnung hinterließ, mal abgesehen von den Zeitungen, die noch immer den Überfall auf Pearl Harbor melden und wer 1959 zur Miss Italia gekürt wurde. Allein dadurch ist das Zimmer historisch im Kosmos verortet und durch sonst nichts. Denn die Menschen, die in dem Zimmer wohnen, hätten auch früher, etwa am Anfang unserer Zivilisation, der städtischen und europäischen, leben können. Sie könnten aber auch später leben, kurz bevor unsere Zivilisation erlischt. Demzufolge dehnt sich die Zeit des Zimmers sehr in die Länge, wird zur Geschichte eines lange existierenden Zimmers. Das unzählige Bewohner sah, obwohl es nicht so aussieht, als wären hier viele Menschen durchgezogen. Es ist nur ein bisschen unordentlich und, vielleicht infolgedessen, unglücklich.

Jeder Mann mag nun annehmen, er sei gemeint, und das stimmt bis zu einem gewissen Grad auch. Das Individuum mit Hut, das im Zimmer Zeitung liest – was für ein Bild, fast schon filmreif –, hat wahrscheinlich seine eigene Sicht auf die Welt, aber niemanden, dem er sie mitteilen könnte. Er könnte sich wohl an den Tisch setzen und sich an einer Postkarte versuchen. Auf der sein Zimmer oder eine vergleichbare allgemeine Wohnstatt für unsere Leben abgebildet ist. Aber es wäre ein reichlich idiotischer Einfall, einem Mann, der in ähnlichen Verhältnissen lebt, so eine Karte zu schreiben. Der andere weiß selbst ganz genau, wie es sich in solchen Zimmern wohnt, das braucht man ihm nicht zu schreiben. Es bleibt also nichts anderes übrig, als ihm, um die kleine Fläche auf der Rückseite zu füllen, mit breit hingemalten Buchstaben liebe Grüße zu schicken. Und selbst die paar Worte wirken sinnlos, weil auf der Vorderseite ohnehin »Gruß aus meinem Zimmer« steht. Was sich genauso gut auf das Zimmer beziehen könnte, in dem die Post ankommen soll, falls die Post funktioniert. Denn beide Zimmer sind identisch. Soviel ich weiß, kennt die Philosophie den Begriff der Identität. Er bezeichnet so etwas wie eine Aura, die besondere Luft, die diesen oder jenen Raum erfüllt, ihm eine eigene Note verleiht. Die Note ist die Identität. Die vereint, vereinheitlicht, verallgemeinert. Auf der Postkarte sind außerdem ein paar Möbelstücke zu sehen, willkürlich im Raum verteilt. So bekommen wir ein Bild von zwei gleichartigen Zimmern, die es nirgends gibt, weil sie überall sind.

Die Frau des Mannes, die im Unterrock durchs Zimmer spaziert, hat anderes zu tun, will die Anrichte wieder an die Wand rücken und danach endlich dem Wasserhahn in der Küche das Tropfen austreiben. Ich denke, ihr Mann, der ein genaues Abbild vieler Männer ist, hat die ganze Welt im Kopf, auch wenn er das nie zugeben würde. Er denkt über die Gewerkschaftsbewegung nach, über den Liberalismus oder die Abschaffung der Todesstrafe. Über die Rolle der Kreditinstitute oder das wenig vertrauenerweckende Gebaren von Versicherungsgesellschaften. Über Großkonzerne und den Bau immer größerer Ozeanriesen. Er kennt sich mit Basketball und Eislaufen aus, mit Katholiken und Protestanten, mit Faschismus und dem in zahlreichen Pamphleten gepriesenen wissenschaftlichen Sozialismus, hat eine Meinung zur Abschaffung der Kinderarbeit und zu Attentaten und zum Sturz eines Ministers, der in Prag aus dem Fenster geworfen wurde. Zur Ermordung des russischen Zaren. Zu Pferderennen. Zu Polarexpeditionen und der Meinung, dass denen da oben hoch im Norden ganz schön kalt gewesen sein dürfte.

Jetzt kennen Sie den Mann schon ziemlich gut, aber weil er fast immer den Hut aufhat, können Sie sein Gesicht vermutlich nicht gut sehen. Nicht einmal seine Frau sieht ihn richtig, denn sie hat eine ganz andere Vorstellung vom Leben in dem Zimmer. Jeder hat eigene Vorstellungen vom Leben, selbst wenn wir uns in demselben Raum desselben Zeitalters befinden, das ist für jeden von uns ein Problem. Die Frau zum Beispiel findet, ihr Mann sei schuld, wenn sie die Rechnungen nicht finden kann; bestimmt, denkt sie, hat er sie entsorgt. Von allem, was die äußerst reizbare Dame auf ihren Wanderungen zwischen Zimmer und Küche nicht finden kann, glaubt sie, der unsensible Herr hätte es aus dem Fenster geworfen. Ihrer Meinung nach lagen die Rechnungen auf dem Tisch oder auf dem Boden oder in einer Schale, egal, und dann hat sie der Grobian im Vorbeigehen zerknüllt und ins Klo befördert! Sie könnte schwören, sie hätte die Spülung rauschen gehört, obwohl er die ganze Zeit im Zimmer war, in der Ecke, und etwas auf der Geige ausprobierte.

Es ist, als wären der Mann, besonders aber die Frau, von der ich rede, nicht richtig lebendig. Beide wirken häufig wie mitten in der Bewegung erstarrt. Wie mit Leim übergossen, für immer in einem Zustand fixiert. Das ist es, was wir betrachten sollten, ein Leben, das sich nicht rührt, das stillsteht. Was bleibt, sind verschiedene Geräusche, die in den Städten unseres Kontinents erfunden wurden, Töne aus Rohrleitungen und Radioapparaten. Oder das davon nicht sehr verschiedene Geräusch, wenn sich der Mann mit Hut gelegentlich in seiner Ecke räuspert. Das ist die ganze Agenda, der vollständige Inhalt der Manifestation, die am ehesten an Landwirtschaftsmessen oder Menagerien erinnert, an Zoos. In denen Exempel, exotische, nicht alltägliche, eines fernen Lebens ausgestellt werden. Unser Leben ist genauso fern, selbst für uns, die wir es betrachten, insofern es hinter uns liegt. Das zeigen die Spiegel, die unvermeidlich in dem grauen Zimmer, dem europäischen, hängen. Beinah blind, eingestaubt und manchmal in zwei Hälften zersprungen. Trotzdem spiegeln sie die Gestalten in dem Gemach, nur eben verkehrt herum. Nicht anders als das Leben in dem Raum, das ebenfalls verkehrt ist. Nichtverkehrt könnte der Mensch nicht in dem Raum leben, vollgestopft mit Dingen und völlig verdreckt. Selbst dann nicht, wenn er dauernd putzte und aufräumte. Denn auch wer sauber macht und Ordnung schafft, trägt an den Schuhsohlen neuen Schmutz herein, und beim Putzen und Aufräumen fällt ständig etwas um und geht kaputt. Die Menschen haben die Unordnung in die Natur gebracht, wenn auch dadurch, dass es ihnen gelang, die natürliche Unordnung der Natur neu zu ordnen.

Für all das steht das Zimmer, das der Mann nicht verlassen kann, weswegen er es so hasst. Deswegen verkommt es mit täglich geleerten Bierflaschen, die über den Fußboden kullern, und alten Zeitungen, die alles zudecken. Über die Käfer krabbeln und Mäuse huschen. Und so sorgen wir alle, Menschen, die Winzlinge von Insekten und die unvermeidlichen Nagetiere, gemeinsam für das Klima in unserem Gemeinschaftsstall, einer für alle. Möbliert mit Tisch, Stuhl, Bett und Spiegel. Und einem Grammofon mit einer Kurbel an der Seite und einem Telefon, das manchmal schrillt, und dann kommen die Stimmen der Phantome unserer Vergangenheit und unserer Gegenwart aus der Hörmuschel. Aber die meiste Zeit schweigen sie. Offenbar hat niemand dem Mann etwas zu sagen, und das stört ihn, wie es aussieht, nicht im geringsten.

Er merkt dann, wie viel angenehmer es ist, wenn er in seiner Ecke bleibt und aus den Zeitungsbögen am Boden Papierflieger faltet. Die kann er später versuchsweise in die andere Hälfte des Raums fliegen lassen und deren Flugbahn verfolgen, als würde er mit ihnen all seine Sorgen weit von sich wegschleudern. In der gegenüberliegenden Ecke liegen schon viele Papierflieger, der Mann bastelt sie oft, vor allem dann, wenn seine Frau, im Unterrock und barfuß, in anderen Teilen der Wohnung unterwegs ist. Ihre Wanderrouten stören die Flugbahnen seiner Papierflieger ganz erheblich, Tag für Tag. Wie kann es nur so eingerichtet sein, dass der Mann nicht den kleinsten Papierflieger von einem Ende des Zimmers ans andere werfen kann, ohne dass jemand, und sei es die eigene Frau, genau in dem Moment mitten durch den dämlichen Raum marschiert?! Als gäbe es keinen anderen Weg in dieses Drecksloch von Küche, als müsste sie genau dort und nirgends sonst mit ihren nackten und bei dem ganzen Siff mutmaßlich schmutzstarrenden Füßen durchtrampeln. Da sie ständig auf der Suche nach diesem oder jenem durch die Wohnung läuft, bleibt zum Füßewaschen natürlich keine Zeit, wie im Urwald. Dass der Mann, vor allem aber die Frau, wenn ihr alles zu viel wird, diesen Zustand, dass ihr alles zu viel ist, barfuß leichter erträgt, leuchtet mir schon ein, bloß barfuß kann sie sich am Tischbein die Zehen stoßen, versehentlich auf einer der leeren Flaschen ausrutschen oder vom Spinnerich gebissen werden, dem in dem Zimmer womöglich auch alles zu viel werden könnte – es wäre wirklich das Beste, wenn sie ihrem Mann, vor allem barfuß, nicht unter die Augen träte!

Man könnte sagen, die beiden in dem Zimmer hätten keine Zeitgenossen. Denn jeder lebt in seiner Zeit, nur der Zufall führt sie an einer Straßenecke, im Treppenhaus und vor allem in der Mitte unseres allgemeinen Aufenthaltsortes zusammen. Und so haben wir den Eindruck, wir wären Brüder auf Zeit, aber das stimmt nicht. Die meisten Bekannten des Mannes gehören der Vergangenheit oder, schlimmer noch, einer ungewissen Zukunft an, je nachdem, ob sie älter oder jünger sind als er. Er steht ungefähr in der Mitte oder ist ein bisschen über die Mitte hinaus, jedenfalls ist er definitiv nicht dort, wo sich die anderen gerade jetzt, in diesem Augenblick befinden.

Da fällt dem Mann ein, dass er seine Socken, die er unters Bett gekickt hatte, einsammeln müsste und anschließend die leere Tube Zahnpasta in den Mülleimer werfen sollte. Allein, er findet die Sachen nicht mehr. Vielleicht sollte er sie doch nicht entfernen, sondern im Zimmer liegen lassen. Wäre lehrreich für die nach ihm, die es ebenfalls mit dreckigen Socken und leeren

Zahnpastatuben zu tun bekommen werden. Der Mann glaubt, er könne mit kleinen Fortschritten bei belanglosen Dingen sein Leben voranbringen und seinem Tag Struktur geben. Doch wie es aussieht, geht sein Tag mit der Beseitigung jenes Drecks dahin, den er selbst verursacht hat. Und danach kommt er nicht mehr dazu, einen neuen Schlot für die Fabrik zu zeichnen oder ein Stauwehr zu errichten, bevor das Tal überschwemmt wird, denn unser Held ist freilich in der Lage, sich unter seinem Hut im Sessel in der Zimmerecke derartige Großtaten auszudenken. Ohne sich vom Fleck zu rühren, außer wenn er, selten genug, Geige spielt. Er muss nichts tun, um ungeheuer große Dinge zu entdecken, auch wenn er in einem Raum voller Unordnung haust, in einem Saustall. Angebunden, fast wie eine Ziege. Geht das nicht vielen Menschen in Europa so, dass sie leben wie Ziegen? Weil sie mancherlei an ihr Zimmer bindet, auch wenn es ordentlicher sein mag als das, das wir hier betrachten.

Sie merken schon: Bereits jetzt können wir den Mann mit Hut in dem von Unordnung geprägten Zimmer, dem europäischen, unmöglich vergessen. Die vernachlässigte Wohnung weckt nicht selten Mitleid; mich jedenfalls rührt jeder noch so kleine Gegenstand, der dort auf dem Boden liegt, insbesondere wenn er kaputt, zertreten, fadenscheinig geworden und reif für die Mülltonne ist. Abgesehen davon hängt Menschengeruch in der Luft, den kriegt man nie mehr weg. Das kommt von der Melancholie. Denn er kann sich noch so oft waschen – nach reichlichem Zaudern hat er sich schließlich doch rasiert –, sobald er mit Unterhemd und Hut im Sessel sitzt, in der Ecke wie im Boxring vor der entscheidenden letzten Runde, verströmt er seinen Geruch, die Aromen des Unglücks. Und weil das Match von vornherein verloren ist, ist es nur eine Frage der Zeit, bis die Niederlage bekannt gegeben wird. Der Arm des Gegners wird hochgerissen, der andere zum Sieger ausgerufen über mein Leben, das nie eine Chance hatte. Sowenig wie die Papierflieger, die der Mann mit Hut immer wieder in die gegenüberliegende Ecke schickt, je eine Chance hatten, weiter als die anderen zu fliegen, sondern sich auf einem einzigen, recht großen Haufen sammeln mussten. Insofern ist der Mann mit seinem Match nicht allein, seiner fast schimpflichen Niederlage, damals wurden in unzähligen Zimmern Europas viele Niederlagen eingesteckt.

Nun gut, jetzt will ich über sein ungewöhnliches Benehmen nachdenken, das manchmal besonders ungewöhnlich wird. Denn jeder Mann unserer Zivilisation darf aus unbestimmten Gründen ein bisschen durchdrehen. Vor allem, wenn er mit Hut in einem Zimmer sitzt, das er nicht verlässt. Er sitzt also in seiner Ecke, spannt den Regenschirm auf und hält ihn sich lange über den Kopf. Denn der etwas dunklere Raum vermittelt ihm ein Gefühl von Sicherheit, als entstünde so eine zusätzliche Kammer in der Wohnung, eine Art Schutzhütte, wer weiß, wovor sie schützt. Als er schließlich die verächtlichen Blicke seiner Frau nicht mehr erträgt und den Schirm zuklappt, fühlt er sich geradezu hilflos zahlreichen Unbilden ausgeliefert. Von daher muss der Mann, der mit Hut in der Ecke seines Zimmers sitzt, das Unglück aller Europäer des zwanzigsten Jahrhunderts ertragen, obwohl das keiner von ihm verlangt hat.

Ich weiß nicht, wann, zu welcher Tageszeit uns die Fragen, die lebensentscheidenden, in den Sinn kommen. Denn wir befinden uns immer noch im Vormittag unseres Schicksals, haben uns gerade am Waschbecken rasiert und ein bisschen in den Zeitungen geblättert, aber der Rest, der Löwenanteil des Tages, was stellen wir mit dem an? Deswegen denkt der Mann lieber nicht über schicksalsträchtige Dinge nach, nicht um zehn Uhr vormittags unserer Zeitgeschichte. Eingeschworen auf die praktischen Dinge, erprobt er im Zimmer seines Lebens, ohne sich groß den Kopf zu zerbrechen, zahlreiche Formen, die sich womöglich auf Orte beziehen, die er niemals aufsucht. Ein Mann des Vormittags muss sich mit einem Zimmer zufriedengeben und dem Raum, in dem sich sein Leben abspielt, denn zumindest dem Anschein nach gibt es darin alles Nötige, nur eben in einem jämmerlichen Durcheinander. Und ohne klare Vorgabe, wo im Zimmer er sich aufhalten soll, wenn seine Frau, die keine Bedenken kennt, ziel- und gedankenlos hin und her rennt. Und so kommt es vor, dass sich der Mann seiner düsteren Gedanken nur mit einem hastig gefalteten Papierflieger erwehren kann, aber kaum hat er ihn auf die Reise in die gegenüberliegende Zimmerecke geschickt, prallt der auch schon an seiner Frau ab, die barfuß durchs Zimmer latscht, als ob das keine Minute Aufschub geduldet hätte!

Später setzt sich der Mann mit Hut auf das Fahrrad, das am Schrank lehnte, radelt, wie um der Unordnung im Zimmer zu entfliehen, durch den engen Flur, fühlt sich wie auf einem schmalen Pfad, nur dass der Flur leider nicht aus der Wohnung führt, sondern in die Küche, wo er einmal um den Tisch kurven kann und anschließend in den Flur zurückkehren muss. Vom Flur gehen noch ein paar kleinere Zimmer ab, durch die der abgespannte Radfahrer seine Runde fortsetzen kann, auch wenn er dabei umgeworfene Stühle, merkwürdige Ansammlungen von Dingen und herumliegende Schuhe meiden muss. Ungeachtet der kurzen Distanzen läuft dem Radler bald schon der Schweiß. In Gedanken hat er viele Kilometer zwischen sich und das Zimmer voller alter Zeitungen und leerer Flaschen gebracht, und obwohl er nur durch den düsteren Flur und von da erst in das eine und dann in das andere Zimmer seines Lebens fährt, tut er so, als sei er auf dem Weg zur Siegerehrung.

Der Mann mit Hut scheint gewisse Rechte zu haben und dort, wo er wohnt, jeden Gegenstand in seiner Reichweite nutzen zu dürfen, sei es nun das Fahrrad, die Geige oder den Regenschirm. Doch die barfüßige Frau, die auf ihren Wanderungen durch die Zimmer nicht darauf achtet, ob sie ihren Mann stört oder nicht, sie nutzt die verschiedenen Dinge, von denen das Zimmer überquillt, doch genauso uneingeschränkt, oder? Mitunter nutzt sie sie zu Zwecken, für die sie nicht vorgesehen sind, brät beispielsweise Eier auf dem umgedrehten Bügeleisen oder öffnet mit einer Spange, die sie aus dem ungekämmten Haar zieht, ein Schloss, zu dem der Schlüssel verloren ging. Alles in diesem Zimmer steht Kopf, fast nichts dient noch seinem ursprünglichen Zweck. Das beweist die Ordnung im Stall der Europäer, bis heute. Allerdings halte ich fast alle Kontinente für – vergrößerte – europäische Kontinente. Oder für den Ursprung Europas.

So ließen sich aus dem Berg voller Kram alle Gegenstände zusammentragen, die in eine Arztpraxis gehörten, eine für kriminelle Machenschaften, in der heimlich Schwangerschaften abgebrochen wurden. Hier im Bad, denn die Frau im Zimmer könnte Nachbarinnen und Zufallsbekannten durchaus solche Dienste angeboten haben, auch wenn ich mir derlei Personen in ihrem Leben kaum vorstellen kann. Aber ihr Badezimmer sieht ganz danach aus, erinnert an frühere illegale Schmuddelpraxen, in denen die unerwünschten Früchte menschlicher Begegnungen abgetrieben wurden. Doch die Wohnung der beiden wartet mit weiteren Dingen auf, deren Zweck sich nur schwer eingrenzen lässt. Das ist einfach die Dunkelheit, sie sieht aus wie ein Haufen Lumpen, dreckiger Lumpen, ineinander verknäuelt, zusammengehalten vom Dreck wie Muskelfasern vom Bindegewebe. Es hat etwas Organisches, ist vielleicht ein unbekanntes Tier, ein Kadaver. Denn es schaut einen an wie tot, exemplarisch verendet, und zeigt damit eindringlich, dass auch Dinge, Gegenstände, Teilstücke sterben, umkommen, krepieren können, dass sie hernach Zeichen von ihrem Hinscheiden aussenden, die sich nicht mehr tilgen lassen. Meiner Meinung nach sind die meisten der unzähligen Gegenstände in der Wohnung nicht zu enträtseln, weder ihr Sinn noch ihr Ursprung und nicht einmal ihre exakte Gestalt ist dem menschlichen Verstand zugänglich. Soviel ich weiß, übersteigen besonders in Russland viele Dinge den menschlichen Verstand, oder die Russen lassen sich besonders oft von den Erscheinungen des Lebens verwirren, jedenfalls haben sie eine eigene Redewendung dafür und sind ohne Weiteres in der Lage, aus einem prosaischen Haufen Lumpen Stoff für einen Albtraum zu ziehen. Womit nicht gesagt sein soll, der Mann mit Hut sei Russe, und seine Frau ist es schon gar nicht. Wären sie es, wäre alles einfacher, Russen fügen sich in ihr Schicksal, nehmen es, wie es kommt, lassen sich Bärte wachsen und arrangieren sich mit den Gegebenheiten. Aber wenn du als Nichtrusse in einem vollgestopften Zimmer wohnst, in dem alles drunter und drüber geht, was bleibt dir da übrig!

Offenbar müssen sich auch unsere beiden mit dem zufriedengeben, was sie umgibt, und während das Badezimmer einer illegalen Praxis für Aborte ähnelt, haftet dem Zimmer die Atmosphäre einer Spielhölle, einer Opiumhöhle oder eines Wettbüros an. Unerklärlich, wieso es dort so riecht, als hätten Dutzende starke Raucher zusammengesessen, wo doch keiner der beiden raucht. Tja, hätte der Mann mit Hut in seiner Ecke doch eine Pfeife gepafft oder sich wenigstens Kippen gedreht! Und selbst wenn er sich bloß eine gewöhnliche Zigarette angesteckt hätte, er hätte etwas zu tun gehabt. So aber kann ich mir den Gestank immer noch nicht erklären, wo doch keiner hier Tabak konsumiert. Vielleicht dünsten die Wände, Böden und Decken des Zimmers den säuerlichen Geruch aus, der sich ein für alle Mal in ihnen festgesetzt hat. Offenbar eifert noch die letzte Bruchbude von menschlicher Behausung ihren renommierten, bedeutenden Kolleginnen nach. Aber das stinkt förmlich nach Provinz, nach Elendsausgabe von Leben. Unser Dasein, das ist oft nichts anderes als ein Abklatsch von einem Leben weit weg von uns in einer quirligen Hauptstadt, ein billiger Reprint von einem Prachtband mit vergoldeten Initialen. In unserem Fall weniger als ein Reprint, nur ein Text, der heimlich mit einer verbeulten mechanischen Olympia-Reiseschreibmaschine auf eine Rolle Toilettenpapier getippt wurde.

Hätte es einer der beiden geschafft, ein wenig Ordnung in die Dinge zu bringen, die sie umgaben, sie hätten, könnte man meinen, ein besseres Leben führen können. Aber so weit kam die Frau nie und der Mann schon gar nicht. Also gleicht ihr Badezimmer einer illegalen Abtreibungspraxis und das Wohnzimmer einer verlotterten Spielhölle.

Keine Ahnung, wo die beiden schlafen, ob sie überhaupt irgendwo schlafen. Jedenfalls schlafen sie nicht zusammen, das ist unvorstellbar. Da braucht man sich nur ihre Augen anzusehen, die sind ständig verquollen, verschleiert, Tränen stehen darin. Vermutlich legt der Mann in seinem abgewetzten Sessel die Beine auf einen Hocker und döst dann und wann, und die Frau?, ich würde sagen, sie nächtigt überall, in einer Ecke, auf einem Stapel Zeitungen oder einem Bündel alter Mäntel. Neugierige Augen von der Art, die in allem, was wir tun, Übertretungen sehen wollen, könnten in einem der kleineren Zimmer, die vom Flur abgehen, ein Bett entdecken, kein besonders breites, dafür begraben unter lauter Zeug, Kleidern, Papieren, Hygieneartikeln, Werkzeugen und Küchenutensilien. Und da der Berg im Lauf der Zeit gewaltig gewachsen ist, wer hätte die Kraft, ihn Abend für Abend auseinanderzuschieben?, deswegen bleibt er, wie er ist, und zum Schlafen findet sich schon ein anderer Platz. Die beiden leben wohl wie Nomaden. Die Wohnung ist zwar nicht groß, aber trotzdem kann man sich darin verlaufen, auf Trebe gehen, Neuland entdecken. Wie ein Steinbruch des Lebens, durch den beide, insbesondere die Frau, in der Art urzeitlicher Jäger oder Sammler wandern und nach

Brauchbarem suchen, das sie wärmt, unterhält oder ernährt. Denn das Zimmer ist in seiner Urtümlichkeit so reich, dass sich darin sehr wohl Episoden aus der Kindheit unseres Planeten neuerlich manifestieren, insbesondere jene, die sich auf den Kontinent Europa beziehen. Ein Schlafplatz findet sich also jederzeit auf den Streifzügen durch die Tundra des Seins, und wenn Müdigkeit, Melancholie oder schlicht Lethargie den Zeitpunkt für einen kurzen Schlummer vorgeben, achten die beiden nicht weiter auf die Stunde.

Es ist wohl so, dass die ganze Unordnung, die die Menschen überall umgibt, von ihrer viele, viele Jahre langen Vergangenheit herrührt. Die begräbt die Menschen förmlich unter all den Dingen, die sie während ihres Lebens benutzt haben. Selbst wenn es Verbrauchsartikel waren, sind sie noch da, nichts kann einfach so verschwinden. Unvermeidlich häufen sich alte Fetzen und abgetragene Schuhe an, türmen sich im Lauf der Zeit immer höher auf, erweitert um dreckiges Geschirr, kaputte Küchengeräte und schmutzstarrende Lumpen, die aus ehemaligen Mänteln, Hemden oder Hosen gerissen wurden. Das kommt die Menschen, die diese Mäntel, Hemden und Hosen früher trugen, hart an, und trotzdem bezeugen allein ihre Sachen, dass sie gelebt haben und auf der Welt gewesen sind. Die Berge von gebrauchten Schuhen und Kleidern mögen an Spendenaktionen für Bedürftige, Arbeitslose und Geflüchtete erinnern, aber die beiden sind ebenfalls aus ihrem früheren Leben geflüchtet, und selbst wenn es bis gestern dauerte, ist es heute trotzdem schon Vergangenheit. So stehen die beiden vor einem Haufen Zeug, als könnten sie sich das eine oder andere Stück aussuchen, wie bei einer Wohltätigkeitsveranstaltung für Kälteopfer und Obdachlose. Durchgefroren vom eigenen Leben wühlen sie in ihren einstigen Sachen, an denen der Zahn der Zeit genagt hat, nach brauchbaren Stücken, um sie wieder anzuziehen. Jeder in Europa hinterlässt abgetragene Mäntel und durchgelaufene Schuhe, und so mancher muss Stücke aus der aufgetürmten Vergangenheit herausziehen und versuchen, sie erneut zu verwenden. Damit legt ein einziger Mann, ähnlich dem mit Hut in der dunklen Zimmerecke, das Schicksal des gesamten Kontinents neu auf, die Geschichte Europas, meist feindselig, mitunter blutrünstig.

Mitten in der Gemengelage, die er sein Leben nennt, rückt der Mann seinen Hut ein bisschen zurecht und steht auf, um das Kalenderblatt abzureißen. Als wäre das Zimmer eine Amtsstube, in der er ein paar Aufgaben erledigt. Und sei es nur, dass er den Lauf der Zeit im Auge behält, der sich im Kalender spiegelt. Dann schlägt er eine Zeitung auf, die er vom Boden geklaubt hat, und studiert die Namen der Pferde und Jockeys in Rennlisten, die vermutlich völlig veraltet sind, die meisten Pferde hat längst der Abdecker geholt, aber auf die Art galoppieren sie immer noch in der lauen Frühlingsluft über die Rennbahn und vielleicht durchs Weltall.

Daher die Ähnlichkeit mit einer Aufsichtsbehörde, die weltweit für den Sinn und die Korrektheit der Wettlisten im Pferdesport zuständig ist. Existieren auf unserem Kontinent nicht unzählige Behörden, Dienststellen und Ämter, in denen weit erbärmlichere, wenn nicht idiotische Inhalte verhandelt und in dicken Aktenordnern festgehalten werden? Wäre es da nicht ungleich wichtiger, dass ein paar gesunde, elegante Pferde fröhlich ihrem ungewissen Ziel entgegenwiehern, nicht nur für die Pferde, sondern auch für die Rennbahn, auf der sie rennen, für die Umgebung der Rennbahn, die Wiesen, Wälder und Berge im Hintergrund, für die Menschheit?

Da überlegt der Mann, wie es wohl aussähe, wenn die Dinge, Gegenstände, Bruchstücke pflanzliche Neigungen in sich entdeckten, wenn ausrangierte Mäntel oder angeschlagene Tassen Blutgefäße ausbilden, Wurzeln Richtung Boden schicken oder mit Trieben gen Decke wachsen wollten – sie würden das Zimmer in ein Dickicht aus Schlingpflanzen, Ästen, Lebensadern und Ranken verwandeln, langsam, aber sicher eine urtümliche, eine Dschungellandschaft schaffen. Eine der Ängste, die den Mann beherrschen, ist die Angst vor allen Pflanzen dieser Erde, vor dem gesamten botanischen Fundus, der sich an den Wänden breitmachen, über den Boden schlängeln, Tische und Stühle, Regale und Schränke überwuchern, sich in Schubladen zwängen, unters Bett kriechen, durch Ärmel und Hosenbeine wachsen, Taschen sprengen, das Gestänge von Regenschirmen zerstören, alles, einfach alles erobern könnte. Na und, denkt er, man kann auch in der Tundra leben, in der Savanne, noch gibt's keine Löwen, solange es keine Löwen gibt, ist alles gut! Es grenzt an ein Wunder, wie sich der Mann mit Hut vor den schlimmsten Gedanken zu schützen weiß, aber es ist auch ganz normal, schließlich hat er seine Gedanken, bedrückende, dunkle, selbst hervorgebracht, es ist an ihm, sie anschließend zu befrieden.

So durchläuft sein Schicksal eine einmalige Episode, die urwaldliche. Denn es ist fast unmöglich, dass die ganzen Bruchstücke noch nicht erblüht sein, noch nicht ausgetrieben haben sollten angesichts der inneren Spannung, dem ganz natürlichen Druck, der, denke ich, noch dem gewöhnlichsten Pappkarton oder einem Paar unters Bett geschubster Halbschuhe eigen ist. Auch die verdammten Treter haben ein Recht auf Entwicklung, dürfen trotz ihrer reichlich entwürdigenden Lage auf eine gewisse Karriere rechnen! Die verschiedensten Paare könnten sich aus dem einen entwickeln, das mit löchrigen Sohlen unterm Bett verstaubt, als hätte es nie jemandem gehört. Was vielleicht sogar zutrifft. Denn der Mann geht plötzlich zu dem Bett, legt sich bäuchlings hin, angelt nach dem entrechteten Schuhwerk und probiert es an. Doch der Versuch wirkt lächerlich, die Schuhe sind ein paar Nummern zu groß, wie das Paar unter das Bett des Mannes mit Hut gelangen konnte, wer es vergessen haben mochte, ist völlig unklar. Und erst die Mäntel! Welches Wunder vollbrächte der Mantel, vor langer Zeit achtlos auf einen Bügel gehängt, wenn seine Ärmel anfingen, unaufhaltsam zu wachsen, und auch die Taschen!, denn natürlich können sich Taschen aufpumpen und die ständige Dunkelheit, in der sie gehalten werden, ihre untergeordnete, versteckte Lage im Futter überwinden. So eine Manteltasche könnte zur Qualle werden, ein schönes Tier in einem Meer, das von Anziehsachen zusammengehalten wird. Welche Pflanzen vermöchten sich aus den fleckigen, mit Daunen oder mit irgendwas gefüllten Kopfkissen emporzuwinden, welche könnten im Bettzeug auf der durchgelegenen Matratze sprießen? Womöglich bilden sie eine neue botanische Gattung, denn auch ein Inlet drängt nach außen, so wie jedes Innenleben früher oder später endet, nichts auf der Welt kann immer drinnen sein – hinaus!, das ist nicht zuletzt für tote, unbewegliche Dinge der einzige Ausweg, auf zu neuen Möglichkeiten, in ein neues Leben! Zwischen den Knöpfen und Ersatznadeln im Schubfach an der Nähmaschine könnte sich Schimmel einnisten, ein produktiver Moder, der eigene Pläne haben darf, der, wenn ihn keiner daran hindert, planvoll Wände, Boden und Decke überziehen wird. Und wo lange nackter Putz die Szene beherrschte, erobert vornehmer Plüsch aus Schimmelsamt den Raum.

Es könnte der Anfang einer neuen Welt sein, überquellend und quicklebendig, eine Zeit der Reife und des

Erntens. Denn das Sein eines Menschen, eingeschlossen im Zimmer seines Lebens, ist immer eine Zeit der Inkubation, die neue Entwicklungen zeitigt, eine neue Saison, eine andere Jahreszeit, die an die Stelle der vorigen tritt und deren eisigen Stillstand ablöst. Wenn nur dem Mann, der in der Ecke lethargisch in seinem abgewetzten Sessel sitzt, wenn ihm nur der Gedanke an ein Aufblühen in den Sinn führe, und sei es an üppig gedeihenden Schimmel!

Ich weiß nicht, welches Klima in dem Zimmer herrscht, auch wenn sich mir der Eindruck aufdrängt, es befände sich in einer Stadt wie Tanger. Dort ist es offenbar nicht sonderlich schwül, sonst würde sich der Mann mit der Zeitung Kühlung zufächeln, und die Frau wäre, so unaufhörlich, wie sie zwischen Zimmer und Küche pendelt, ganz sicher schweißgebadet. Trotzdem, die Schicksalsergebenheit der beiden hat etwas Afrikanisches. Auch wenn die unmäßige Hitze der Sahara fehlt, liegt die Melancholie Marokkos in der Luft. In der sich nicht genau bestimmen lässt, was es eigentlich ist, was den Mann quält, solange wir nicht im Sinn behalten, dass eben das Marokkanische der Atmosphäre und der dortigen Wetterunbilden im Zentrum stehen. Woraus folgt, dass die beiden in einer Klimazone voller Widersprüche leben. Wo es weder Wind noch Donner gibt und doch alles auf ein Gewitter hindeutet. Sodass die Frau, die es nicht zu kalt findet, um barfuß zu gehen, die Arme fest um sich schlingt und sich in eine Ecke kauert, wie um abzuwarten, dass der Sturm weiterzieht. Und der Mann versinkt ebenfalls noch tiefer in dem angeranzten Sessel, verschanzt sich gleichsam in seiner Höhle. So vergehen eine Stunde oder zwei, was gut ist, denn wir müssen der Unbill, und sei es nur eine harmlose Wetterkapriole, ihren Lauf lassen und können, kaum dass sie im Ungefähren verschwunden ist, weiterleben wie zuvor. Man muss das Wetter nicht herausfordern, schon gar nicht mit dem eigenen Leben, das vom Wetter, ob Sonne oder Regen, schließlich nicht vorgesehen ist! Mit dem Wetter ist es wie mit einem Kranken. Dem man nur etwas mehr, aber dafür regelmäßig Aufmerksamkeit schenken muss, und schon fängt er an, sich besser zu fühlen. Von daher der vorsichtige Ausdruck des Mannes und seine große Geduld.

In manchen Momenten denkt er, ihm könnte etwas fehlen, vielleicht hat er ein körperliches Gebrechen, das ihm bislang entgangen ist. Er betrachtet seine Finger, bewegt sie, versucht, die Hand an den Unterarm heranzuziehen, und legt die Hände wieder in den Schoß, da liegen sie oft. Stimmt etwas nicht mit seinem Gang, an der Art, wie er zur gegenüberliegenden Wand geht und wieder zurückkommt? All das will er mal austesten, aber nicht jetzt, und so setzt er sich halbwegs beruhigt wieder hin, in die Ecke, in der er fast immer sitzt. An ihm nagen noch andere Zweifel, insbesondere, was es mit dem auf sich hat, was seine Augen auf ihren Wanderungen durch das ewige Zimmer seines Lebens von Zeit zu Zeit an der Wand beobachten. Vor allem die Türöffnung wirkt mal so, mal so, je nach Lichtverhältnissen im Flur und im Zimmer, die Schatten am Türsturz wechseln je nach Tageszeit, aber vielleicht bildet er sich das auch nur ein, wer weiß? Gibt es eine letzte Instanz, die ihm garantiert, dass er sieht, was er sieht, dass sich das Gesehene nicht nach Lust und Laune verändert?! Kann sich der Türsturz dem, der ihn betrachtet, eigenmächtig immer wieder anders zeigen, kann er seine Gestalt wechseln? Mit solchen Gedanken verbringt der Mann seine Zeit, aber Zeit hat er sowieso genug und vielleicht zu viel.

Wären da noch die Schatten. Weil die Glühbirnen in der Wohnung schwach sind, entstehen in den Ecken viele dunkle Bereiche. Deswegen wirken viele Gegenstände im Abendlicht anders, als sie sind. Aber welches Ding auf der Welt würde mit welchem Recht so aussehen, wie es ist, und wie könnte es den Beweis führen? Das fiel dem Mann bereits am Türsturz auf, jetzt wiederholt es sich. Gegen die landläufige Erwartung verhindern die Schatten, die die Dinge umgeben, dass wir sie so sehen, wie sie sind. All das versucht der Mann zu begreifen, ohne den Hut abzunehmen. Die Hutkrempe unterstützt ihn darin. Denn der menschliche Blick muss sich auf einen Punkt fokussieren und darf sich nicht im Ungefähren zerstreuen. So hat der Mann mit dem Hut nicht nur ein Dach auf dem Kopf, das schmale Vordach lehrt ihn zudem, den Blick auszurichten, auf den richtigen Punkt zu schauen, und zwar nur auf den und nirgendwohin sonst. Mehr noch, allein die Mechanik des Sehens fügt so viel hinzu, mehr als ein einziger Blick erfassen kann. Aus dem Halbdunkel springen uns irreguläre, deformierte Gestalten an, die wir gemäß früherer Vereinbarungen nicht gelten lassen. Wenn wir durchs Fenster einen Blick auf die Straße und die Kirche werfen, sehen wir, weil die Scheibe seit Langem einen fast senkrechten Sprung hat, einen der Länge nach gesplitterten, schiefen Kirchturm. Woraus folgt, dass der Mann, der in dem Zimmer wohnt, also neben und mit der gesprungenen Fensterscheibe, mit keinem anderen als diesem krummen, aufgeplatzten Bauwerk Erfahrungen hat. Kommt nun, wie absehbar, zum Turm die Dämmerung hinzu, ergibt sich in Kombination mit einem auf dem Schrank abgestellten Topf, einer Tasse am Rand des Regalbretts und einer Angel, die aus nicht mehr nachvollziehbaren Gründen an der Wand lehnt, eine finstere Gestalt, die bedrohlich am Fenster steht. Es hilft nichts, wenn der Mann, beunruhigt von dem Trugbild, aufsteht und hinübergeht, um den Vampir seiner Sinnestäuschung zu beseitigen. Wo er einmal war, und sei es für den Bruchteil einer Sekunde, lässt er sich nicht mehr vertreiben.

Man sieht den Mann in seiner Zeitung etwas mit Bleistift einkringeln. Offenbar liegt ihm an manchem viel, während er anderes links liegen lässt. Kein Mensch interessiert sich für alle Pferde im Derby, immer nur für einige. Ihm zum Beispiel steht der Sinn nicht nach irgendwelchen Affären zwischen Schauspielerinnen und deren Chauffeuren, und trotzdem, manchmal holt er auch aus solchen Geschichten etwas für sich heraus. Vor allem, wenn er vom Sport und den Pferdewetten zu Vermischtes wechselt. Augenblicklich sieht er wie ein Polizeibeamter aus, der sich mit kriminellen Machenschaften beschäftigt. In Europa gibt es wohl keinen Zeitungsleser, der nicht alles, was da steht, zumindest ein bisschen unmittelbar auf sich bezieht. Wenn er sich über Galopprennen informiert, ist ihm zumute, als säße er höchstpersönlich im Sattel, und wenn er den Fall der alten Frau verfolgt, die ein unbekannter Irrer in zweiundsiebzig Stücke tranchiert hat, wähnt er sich in der Rolle des Kommissars, der den Fall aufklären wird.

Sieht man genauer hin, haben wohl gerade Polizisten das allgemeine Zimmer des menschlichen Lebens auf der Suche nach dem Täter durchwühlt. Infolgedessen wird die Zivilisationshütte rasch zum Büro, polizeilich, für Gewaltverbrechen. Weil viele Institutionen äußerlich vielleicht nur diverse Ereignisse aus dem gemeinsamen Zimmer unseres Schicksals ersetzen. Auf die Art sind wahrscheinlich die großen Glasgewölbe auf Bahnhöfen und Kaufhäusern entstanden, alle nach dem Vorbild des unansehnlichen Raums, nur gewaltig vergrößert. Und wie mit aller Macht aufgeblasen, von innen.

Vorgefallen ist also ein Mord, ob Raubmord oder Beziehungstat lässt sich schwer einschätzen, aber Vertreter einer irdischen Macht schnüffeln nun auf der Suche nach Spuren in unserem Gelumpe herum. Denn das Verbrechen ist Tatsache, Leben ist Verbrechen. Im Leben ist alles gesetzwidrig, es bewegt sich generell am Rand der Legalität. Also muss das Loch, in dem wir hausen, sorgfältig durchleuchtet werden, polizeilich. Im Badezimmer oder im Flur, in düsteren Ecken, unter einer schwachen Glühbirne, wurde ein unbekanntes Verbrechen verübt, doch was von der kriminellen Handlung zurückblieb, lässt auf alltägliche Verrichtungen schließen, ein Becken mit Seifenbrühe, gebrauchte Spritzen, alte Lappen und ein Rest, der sich vom Material her kaum einordnen lässt: Sand, Glasscherben, vielleicht menschliches Gewebe, ein Fötus. Alles fällt auseinander, und in ihrem Verfall hinterlassen menschliche Teile Spuren, derer sich das Gesetz bedienen wird. Bloß reicht der Arm des Gesetzes nicht überall hin und gelangt, falls keine erkennbare Übertretung vorliegt, nicht zur Anwendung. Dort, wo keiner keine kürettierte oder unfachmännisch einen Knubbel am Rücken entfernte, dort erinnert der ganze Plunder im Bad lediglich an kriminelle Handlungen. Hier ist nichts anderes geschehen, als dass sich jemand an dem siffigen Becken waschen wollte und viel Zeit verlor, weil er sich nicht entscheiden konnte, ob er sich rasieren sollte oder nicht. Das war unser Mann mit Hut, und in seiner Unentschlossenheit wegen sämtlicher Morgenroutinen, und seien sie noch so geringfügig, ging die meiste Zeit dafür drauf, sich in dem beschlagenen Spiegel zu betrachten. Sich zu fragen, ob das, was er sah, zu seinem Gesicht gehörte oder zu dem eines anderen.

Aber alles in dem kleinen Raum für menschlichen Aufenthalt ist voller Spuren. Unter der Nähmaschine liegt vergessen ein Stück Stoff, das ein kurzärmeliges Hemd werden sollte, eins der Wollknäuel für einen Pullover zieht sich abgewickelt über den Boden. In dem abgewetzten Sessel streicht sich unser Zauderer ungläubig über Wangen und Hals, fassungslos, wie er es fertigbrachte, sie mit dem Rasiermesser zu traktieren, als wolle er sich umbringen. Dann überfällt ihn der Eindruck, er würde zusammen mit dem fadenscheinigen Polsterstoff unter seinen Händen langsam in seiner Ecke verschimmeln. Also hebt er den Oberarm zur Nase und riecht daran, wie wenn wir beim Metzger die Frische einer Schweinshaxe prüfen. Weil keiner der beiden die Energie hat, sie auszuschalten, brennen ein paar Glühbirnen den ganzen Tag über, andere sind von allein durchgebrannt. Auf dem Tisch liegt ein Schafskopf, abgenagt, drohend, als würden wir uns für diesen Mord noch verantworten müssen bei den Verwandten des Tiers, die früher oder später in unser Haus eindringen und uns weiterer Vergehen bezichtigen werden, wer weiß gegen wen.

Das Frisiertischchen bewahrt sämtliche Nagellack- und Parfümfläschchen auf, die die barfüßige Frau im Unterrock in gut dreißig Jahren verbraucht hat. Sie hatte keine Lust, die leeren Glasbehälter wegzuwerfen, und so bleibt alles an Ort und Stelle, bis die Gesetzeshüter kommen und die Übertretung festhalten, das Leben. In Bezug auf die Tatsache, dass sie in ihrer Wohnung barfuß herumläuft, wohl wissend, eine gesetzeswidrige Handlung zu begehen, fragt sie sich bloß, wie lange sie wohl noch ungestraft barfuß durch unsere Zivilisation streifen kann, ohne Sanktionen. Zumal sie in Unterrock und ohne Schlappen womöglich über ihren Fall nachgedacht haben könnte und beim Grübeln über ihr Dasein sich noch mehr Übertretungen zuschulden kommen ließ, als bloß stumm zwischen dem ganzen Plunder im Zimmer herumzugehen, ohne das kleinste Geräusch zu verursachen. Völlig in die Betrachtung der kopflosen Puppen ihrer Kindheit versunken und der Flaschen, die der Mann mit Hut ausgetrunken hatte, der jetzt in der Ecke sitzt und schweigt. Obwohl er viel zu erzählen hätte von dem, was um ihn herum geschieht, auch wenn auf den ersten Blick gar nichts geschieht. Und da jedes menschliche Wesen unendlich viel mehr Worte in sich trägt als es, Gelegenheit und Wunsch danach vorausgesetzt, jemals aussprechen kann, findet es unser Mann natürlich unnütz, etwas zu sagen, es bleibt sowieso alles in ihm drin, für immer.

An den Wänden des Tatorts hängen Fotografien von Verwandten, aber der Mann, der da sitzt, sieht ihre Gesichter nicht mehr und erkennt sie auch nicht. Denn die Abzüge sind nachgedunkelt und die Großtanten seinem Gedächtnis entfallen, sie hatten anderswo gelebt und liegen dort, wo sie gelebt hatten, vermutlich längst unter der Erde. Womöglich ist selbst unser Held längst unter der Erde, das Leben riecht anders als der Tod, das hat die Polizei allerdings noch nicht bestätigt. Hier stinken nur unsere Erinnerungen an Ereignisse, die nie stattfanden, und an einen Bekannten, den wir nie kennenlernten. Der nur einen brettsteifen Mantel daließ, der wie durch ein Honig- oder Betonbad gezogen zum Aushärten auf einen Kleiderbügel gehängt wurde. Aus jeder Existenz tropft permanent eine undefinierbare Mischung aus Honig, Beton und sonstigen Zutaten, was seinerzeit verhinderte, dass der Jemand an kalten Abenden in seinen Mantel schlüpfen konnte. So wie die Agave im Garten verdorrte und eine Cola-Dose scheppert, während der Besitzer in persönlichen Nachforschungen dem auf die Spur kommen will, der die Untaten beging. Auch wenn die auf sein eigenes Konto gehen und er es bloß nicht sofort zugeben will. Da folgt er lieber falschen Fährten und stellt sich beim Kreuzverhör, in das er sich selbst nimmt, ungeschickt an.

Seine Übertretungen sind vielleicht nicht mehr strafbar, sie haben sich weit von ihm entfernt und sind vermutlich verjährt. Der ganze Fall des Mannes mit Hut ist meinem Eindruck nach verjährt, er gehört ins Zivilisationsarchiv zu den anderen Polizeiakten, die nach Ende der Aufbewahrungsfrist eingestampft werden. Bald wird es über ihn keine Angaben mehr geben, was ich durchaus gutheiße. Denn er hat längst alle seine Eigenschaften verloren, man kann nur noch die Dinge beschreiben, die ihn umgeben. In einem verallgemeinerten Raum, der seine Farbigkeit eingebüßt hat, und übrig bleiben der Geist des Ortes und seine geometrischen Attribute. In unserer Erzählung gibt es immer mehr Attribute und Bezeichnungen, und von dem, worauf sich Attribute und Bezeichnungen beziehen, gibt es immer weniger.

Plötzlich fällt dem Mann mit Hut der kleine Fotoapparat ein, der irgendwo sein muss, er findet ihn in der untersten Schrankschublade und knipst wild drauf los, nimmt erst die eine, dann die andere vollgemüllte Zimmerecke vor die Linse, und am liebsten hätte er seine Frau fotografiert, von hinten, während sie in einem Haufen Küchenutensilien kramt. Er schaut nicht nach, ob ein Film eingelegt ist, geht einfach davon aus, und selbst wenn nicht, die Idee ist doch das Wichtigste, nicht der nachgelieferte Augenblick, ob der Apparat etwas hergibt, was das Entwickeln und Abzüge auf Fotopapier lohnte.

Davon angeregt betrachtet der Mann aufmerksam einzelne Bilder in den Zeitungen. Sie alle zeigen, wie viel hässliche Geschichte das Jahrhundert in die Blätter geschickt hat, jeder kann sie sehen, nichts wird mehr verheimlicht. Da begreift er endlich, dass Zeitungspapier, mit dem sich der Leser gewöhnlich schwärzliche Fingerkuppen einhandelt, mehr bietet als Pferderennen und hübsche Mädchen. Mit einer rostfleckigen Schere schneidet er Kriegsbilder aus, von nahen und fernen Kriegen. Eins zeigt einen Freischärler, der mit dem Kopf eines Menschen kickt wie mit einem Fußball, ein anderes einen kleinwüchsigen Offizier, der auf der Straße einem Kind in den Hinterkopf schießt, ein drittes eine Frau ohne Beine, die, an einen Container gelehnt, in einer Stadt voller Rauchschwaden langsam verblutet. Das verdirbt dem Mann den Spaß an anderen Sachen, es interessiert ihn nicht mehr, welches Pferd als Erstes durchs Ziel ging oder welche Schauspielerin welchen Millionär geheiratet hat, es ist Krieg, er tobt in vielen Ländern, ein Kind rennt, verbrannt von einer Brandbombe, die Straße hinunter und Fetzen seiner Haut fallen hinter ihm zu Boden. So sieht die Welt also jenseits des Zimmers aus, das zwar unaufgeräumt und dreckig ist, in dem aber zumindest keiner geschlagen, gefoltert, ermordet wird! Jetzt betrachtet der Mann seine barfüßige Frau mit anderen Augen, er könnte, denkt er, sie zu Boden stoßen, treten und bespucken und schließlich, derart erniedrigt, aus dem Fenster in den Hof werfen. Er tut es nicht, er wäre gar nicht imstande, so etwas zu tun. Alles in allem zeigt sich darin der Unterschied zwischen seiner Innenwelt und allem anderen, was auch irgendwie eine Welt ist, aber was für eine! Er ist sehr stolz darauf, dass es in dem unaufgeräumten Zimmer keine Waffen gibt und dass er, selbst wenn es welche gäbe, nichts damit anzufangen wüsste.

Plötzlich hoffnungsvoll, denkt der Mann, er könnte zwischen den Papierstapeln auf dem Boden oder anderswo Aufzeichnungen finden, ein Heft voll mit Tipps, wie sich in einzelnen Situationen zu verhalten wäre; so eine rettende, ermutigende Sache müsste es doch geben, unbedingt. Daraufhin überfliegt er Illustrierte und arbeitet sich durch Packpapier, das von irgendwelchen Paketen übrig geblieben war, zuletzt auch noch durch diverse Briefe, Briefe enthalten immer gute Ratschläge, er muss sie nur finden. Aber das ist äußerst mühsam und enttäuschend. Denn er stößt nur auf Forderungen, vermutlich von Nachbarn, den verdammten Hahn endlich zuzudrehen, denn ein Stockwerk höher klingt es wie die Niagarafälle. Auf einem anderen Blatt verlangt der Schuster die Begleichung seiner Rechnung, sonst würde er die Polizei einschalten. Dann stößt der Mann auf die Gasrechnung, die auch noch nicht bezahlt wurde, und andere vergleichbar lästige Schriftstücke. Er glaubt, der Wust beträfe nicht ihn und seine Frau, es seien überwiegend Papiere, die entweder der Vormieter vergessen hätte oder im Vorgriff auf eine Zukunft geschickt wurden, die noch nicht eingetreten ist. Einige sehr kuriose, altertümliche Umschläge stammen gewiss noch aus der Zeit, bevor das graue Mietshaus gebaut wurde. Ein Urzeitfundus, so archaisch wie ein Wasserstrahl aus dem antiken Rom, aus dem Schlund der Jahrhunderte in das Zimmer gespuckt. Trotzdem vertraut der Mann darauf, »das Wichtigste« liege in schriftlicher Form vor und müsse nur gesucht werden, also suchen, suchen, unermüdlich, niemals nachlassend! Er hat den starken Eindruck, das Wichtigste stecke in einer Schachtel, einer vordergründig leeren Schachtel, deren Wesen jedoch darin besteht, unser Leben in Gänze zu enthalten. Wobei das Ganze nicht auf den ersten Blick zu sehen sein muss, es tut nicht not, das Ganze zu sehen, das Ganze ist ein Gefühl, nach dem sich ein Mann, der überhaupt nichts hat, so dringend sehnt. Deswegen ist ihm einzig und allein wichtig, sich der fraglichen Schachtel zu bemächtigen, und sollte sie auch leer sein. Denn das Leben der Menschen besteht nicht aus Leben, weil das weder zu sehen ist noch sich fassen lässt, sondern aus dessen Verständnis.

Da und dort, auf staubigen Regalbrettern und an anderen Stellen, existiert die eine oder andere Fotografie, die sie als Paar oder zumindest beide auf einem Bild zeigt, aber meistens ist nur einer von beiden abgelichtet, in verschiedenen Situationen. Der Mann betrachtet besonders die Fotos seiner Frau, die darauf meistens wunderschöne Posen einnimmt und unglaublich elegant gekleidet ist. Oft trägt sie Hüte, von denen inzwischen keiner mehr auffindbar zu sein scheint. Der Mann staunt beinah, wie attraktiv die Frau auf den Bildern wirkt, nimmt schließlich eins in die Hand und geht in die Küche, um es mit der Person zu vergleichen, die dort in der Ecke sitzt und einen Strumpf stopft. Er hält das Bild dicht neben ihr Gesicht, was die Frau sehr verwirrt. Rasch erhebt sie sich, wie wenn ihr plötzlich etwas eingefallen wäre, läuft ins Zimmer, ohne zu merken, dass sie den Faden hinter sich herzieht, das Garn, mit dem sie das Loch an der Ferse des Strumpfes schließen wollte. Solche plötzlichen Sinneswandel sind bei ihr häufig, sie tut das eine und denkt an etwas völlig anderes. Diesmal an etwas, das sie in der untersten Schublade in dem Schrank im kleinen Nebenraum vermutet, also bückt sie sich und sichtet längst vergessenen Krimskrams, Andenken und Souvenirs aus einer abgelebten Vergangenheit, sie dreht Muschelschalen um, schiebt abgerissene Puppenköpfe aus Kautschuk beiseite, betrachtet Taschentücher mit Monogramm, hinter deren Buchstaben Namen stecken, an die sie sich nicht erinnern kann, und zieht schließlich ein Poesiealbum heraus. Viele Seiten sind herausgerissen, und auf den verbliebenen prangen Fingerabdrücke, ein Kind hat sogar sein ganzes Händchen aufgedruckt. Die Frau richtet sich wieder auf, presst das Album an die Brust und tritt an das schmale Fenster, das auf den Hof geht. Es ist geschlossen, aber durch die staubige Scheibe zeichnet sich ein Baum ab, dessen Krone fast bis in ihr Stockwerk reicht. Die Frau betrachtet ihn lange, das Poesiealbum mit beiden Händen an sich gedrückt, kehrt dann zögerlich in die Küche zurück und folgt dabei der Spur des Garns, das sich an rissige Hornhaut auf ihrer Ferse geheftet hat und nun verheddert. Ohne Faden fände sie womöglich nicht den Weg zurück zum

Ausgangsort, er scheint ihr die Richtung zu weisen, ihrem Blutkreislauf den nötigen Sauerstoff zuzuführen. Sie braucht etwas, woran sie sich orientieren kann, lebt sie doch in einem Raum voll kosmischer Gefahren und Schwierigkeiten.

Seit der eingestaubte Radioapparat den Geist aufgab, erklingt in dem Zimmer nicht mal das bisschen Musik aus schrillen Stimmen und dumpfen Trommeln, das sich unter das unerträgliche Knacken und Rauschen des zuletzt altersschwachen Geräts mischte. Das Leben hier ist still geworden, nur dann und wann hört man, wie jemand weiter oben im Haus in ein Klavier hämmert. In seinem abgewetzten Sessel erschafft sich der Mann sozusagen seine eigene Musik, zusammengesetzt aus den Geräuschen, die aus der Küche kommen, gedämpftem Verkehrslärm, Mückengesumse und einem leisen Rascheln in der Wand, wohl von einer Maus. Die paar wenigen Töne seiner eigenen Geige wirken dagegen bescheiden und doch wie ein Leitmotiv, während alles andere den Bedürfnissen des menschlichen Seins entspringt mit einem ganz eigenen Rhythmus. Jetzt kann der Mann, obwohl musikalisch nicht sonderlich begabt, der Natur ihr tonales Fundament ablauschen, und selbst wenn in dem armseligen Zimmer kein Bach murmelt und kein Vogel ruft, so hat es doch eigene Klangfarben, enthalten im leisen Ächzen eines Stuhls, im Klirren eines zu Boden fallenden Löffels, im Rumpeln einer aufgezogenen Schublade. Eines Tages, überlegt er, werden die Dinge vielleicht trotz des elenden Zustands, in dem sie sind, ihre utilitären Rollen und pragmatischen Pflichten aufgeben und sich dem freien Beruf der eigenen Kunst widmen. Hauptsache, möglichst viele Schwerlaster donnern durch die Straße und erschüttern die Grundmauern der Häuser, Hauptsache, der Wind tut das Seinige, drückt auf die Fensterscheiben und treibt den Dingen so das tote Leben aus, ihre verborgenen Talente. Wenn wir uns schon auf das Austreiben und eine botanische Entwicklung der trübsinnigen Zimmereinrichtung einstellen müssen, dann dürfen wir doch wohl auch mit der weltumspannenden Orchestrierung des Seienden rechnen, einer sinfonischen Bearbeitung dieser bescheidenen Sphäre, der beengten Wohnräume zweier Stadtmenschen.

Vielleicht hat im Lauf der Zeit doch nur ein Mann gelebt, in mehreren Varianten. Der die Zeit mal auf die eine und mal auf die andere Weise nutzte. Und daraus entstand die Gesamtheit unserer Zivilisation, unsinnig zerteilt in zahlreiche Einzelschicksale, aber in jedem einzelnen scheint ein und derselbe Mann seine Finger im Spiel gehabt zu haben. Deswegen kann keiner mehr sein eigenes Leben leben, sondern muss mit seinem Leben von seiner Klasse, seiner Herkunft, seinem Kontinent Zeugnis ablegen. Die in ihrer Gesamtheit alles enthalten, doch sowie man ein individuelles Schicksal herauslösen will, erweist es sich als Hirngespinst, als Traum.

Bei all der Ruhe, dem umfassenden Phlegma, in dem sein Leben wie in einem Topf Tapetenkleister steckt, packt den Mann von Zeit zu Zeit eine unbeschreibliche Wut. Dann würde er am liebsten alles in seiner Reichweite kurz und klein schlagen. So hebt er eine leere Konservendose auf und versucht, sie mit aller Kraft zusammenzudrücken, wie um sie auszupressen, auch wenn sie gar nichts enthält. Ähnlich grob geht er mit einem Bündel Lumpen um, die früher mal seine Kleidung waren, versetzt ihnen einen Tritt und kickt sie quer durch die Wohnung, wischt den Berg Zeitungen vom Tisch, trampelt auf einem Löffel herum.

Seine Frau neigt zu häufigen Kopfschmerzen, es ist, wie wenn sich etwas auf ihren Scheitel setzt, ein glühender Ring aus Eisen um ihre Schläfen legt, tagelang. Sie hat zwar viele Pillen, lauter verschiedene, aber sie weiß nicht, welche die richtige Sorte wäre, und sie weiß auch nicht, wo die ganzen Blister voll bunter Tabletten abgeblieben sind. Wahrscheinlich in einer Schublade, vielleicht in der fürs Besteck, vielleicht auch in der Tasche eines Mantels, den keiner mehr anzieht; im Chaos dieser Wohnung Tabletten finden ist wahnsinnig schwer, Tabletten sind klein, kaum zu sehen, sie können rollen und verschwinden in irgendwelchen Ritzen und Ecken. Wer blickt bei der Masse pharmazeutischer Produkte noch durch, wenn die Rollregale einer ganzen Apotheke ihren Inhalt auf den Boden kippen würden, könnte es nicht schlimmer sein, unterm Bett, auf den

Badfliesen, im Küchenschrank, überall liegen Medikamente herum. Deswegen kriegt die Frau im Unterrock kein einziges Aspirin in die Finger, das gegen den verdammten Schmerz im Schädel helfen würde, nur völlig unnütze Arzneimittel, mit denen sie nichts anfangen kann.

An manchen Tagen hat der Mann den quälenden Eindruck, dass es stinkt, als hinge ein abscheulicher Geruch im Zimmer, als wäre hinter einem Stapel Zeitungen eine Katze verreckt, als stünde ein Teller mit Essensresten seit längerer Zeit auf dem Fußboden. An solchen Tagen streift er durch die Wohnung, ohne Erfolg, er findet nichts, von dem der Geruch ausgeht, nichts, was den widerlichen Gestank verströmt, der ihm das Atmen schwer macht. Versuchsweise schnuppert er an einem Mantel, der vergessen über einer Stuhllehne hängt, an einer Tasse, deren Henkel fehlt und über die er während eines Erkundungsgangs stolpert, an einem Briefumschlag, unleserlich adressiert, den er im Regal findet, an einer Schiebermütze und dann auch an dem rostigen Nagel, an den sie jemand vor ewigen Zeiten gehängt haben muss, doch keiner der Gegenstände riecht so grauenhaft nach Altersschwäche, Moder, Verfall, Zerstörung, Tod, nichts im Zimmer fault gemächlich vor sich hin. Insbesondere ein seltsames Bündel aus Stofffetzen und anderem Kram, das schon lange herumliegt, ohne dass er sich erinnern könnte, seit wann und wieso, erregt seinen Verdacht; er hätte schwören können, dass es die Ursache für den widerlichen Gestank war, aber nein, nichts dergleichen! So gelangt er schließlich zu der Erkenntnis, dass es ihr Leben ist, seines und das seiner Frau, das hier stinkt, dass die Zeit stinkt, die Zeit, die verstrichen, vergangen, auf dem Fußboden ausgelaufen ist. Bis dahin hatte er nicht gewusst, dass Zeit eine Art Flüssigkeit, Entelechie etwas Flüssiges ist, dass das, was da ausläuft, mit den Jahren anfängt zu stinken und der Gestank sich nie mehr auflöst. Auch seine Existenz, das sieht er jetzt, wird sich nie mehr auflösen, trotzdem er, wie er wohl weiß, langsam alt wird und dem Tod näher kommt. Aber wenn der eintritt, wenn der Moment gekommen ist, bleibt eine undeutliche Spur von ihm in jemands Nasenlöchern, und das ganze Material, aus dem sich sein Körper zusammensetzt, gerinnt zu einem Fleck an der Wand. Die grässlichen Bilder von Kriegsreportern fallen ihm wieder ein, er sucht die Zeitungsausschnitte, findet sie endlich zwischen den Papierstapeln auf dem Fußboden, breitet sie auf dem Tisch aus und riecht daran, denn wenn etwas stinken sollte, dann doch wohl das Foto von Fußballern, die mit Menschenköpfen kicken, und die Aufnahme der Frau neben einem Abfallcontainer, der man beide Beine abgehackt hatte. Auch wenn das Papier nur nach Druckerschwärze riecht – da ist noch etwas anderes, es gibt dieses Andere!

Stellt sich die Frage, was er noch tun könnte, der Mann mit Hut, der die Rolle unserer eigenen Vergangenheit spielt, kollektiv, kontinental, im Zimmer einer

Zivilisation auf dem Rückzug. Hätte er Lust dazu gehabt, er hätte Billard spielen oder auf ein, zwei Bier in eine Kneipe gehen können. Er hätte sich in eine Straßenbahn setzen und die Stadt durchs Fenster vorbeiziehen sehen können. Aber er verlässt sein Zimmer nicht, auch wenn er dort die ganze Zeit den Hut aufbehält. Also beobachte ich ihn, seine Bewegungen, seine Gesten, wie er die Zeitung durchblättert, anschließend penibel zusammenlegt und hinter sich wirft, auf den Boden. Er ist ein Schauspieler, spielt unsere Geschichte und könnte meiner Meinung nach praktisch jede Bewegung ausführen, die wir einem Mann, der sich in einem Zimmer aufhält, zutrauen, allerdings hat er den größten Teil der Bewegungen, die man seinem Zeitalter zurechnet, vermutlich noch nie ausgeführt. Zum Beispiel habe ich ihn noch nie pfeifen gehört. Doch wie viele der schlichten Gesten, die jeder Schauspieler im Film – und nur im Film! – mühelos vorführt, hätte einer von uns je im echten Leben ausgeführt? Wenn wir genauer hinschauen, erzählen die Geschichten im Kino nur von Dingen, die keiner von uns tut. Denn wer könnte schon filmreif nach dem Telefonhörer greifen? Und es gibt auch nicht viele, die sich den Hut mit cineastischer Grandezza aufsetzen. Schon weil die meisten keinen Hut tragen. Hüte sieht man fast nur noch auf der Leinwand, mal abgesehen von der kleinen Schar, die sich noch an die Zeit erinnert, als jeder Hut trug, früher, und die Hut trägt, um sich die Zeit zurückzuholen.

Also leben wir, das begreife ich jetzt, unser Leben mit den falschen Bewegungen, den richtigen, die es nur im Kino gibt, gleichsam zum Trotz. Der Mann hätte ohne Spielfilme gar keinen Begriff von dem ungeheuren Repertoire an Bewegungen, zu denen er fähig wäre, und trotzdem traut er sich nur die wenigsten zu und vermeidet die allermeisten. Wäre unser Held doch nur bereit, das Kino an der Ecke zu besuchen, da könnte er was sehen! Aber weil er es nicht besucht, meint er, er sei, wenn er nur wolle, auch ohne die Lehranstalt Kino zu allem imstande, was ein menschlicher Körper leisten kann, und dieser Gedanke lässt ihn ruhiger weiterleben.

Die Frau, barfuß und im Unterrock, kennt den Mann mit Hut vielleicht gar nicht. Das ist durchaus möglich, prinzipiell kam es in einem Leben, das, bürgerlich und europäisch, dem zwanzigsten Jahrhundert angehörte, durchaus vor, dass ein Wildfremder, von dem man nicht mal den Namen wusste, im selben Zimmer hauste. Mit einem gänzlich Unbekannten lange Zeit die Wohnung zu teilen war die Hölle. Also, man muss die Frau mit dem unklaren Schicksal, die im Zimmer hin und her läuft, endlich barfuß vor den Spiegel, der in der Mitte einen Sprung hat, treten und ihre verunglückte Frisur mit einer Brennschere retten lassen. Zumindest versucht sie es, geht dann zum vor Dreck blinden Fenster und tastet sich durch ihre Haare, als suche sie eine Blume. Die es dort, im Haar, allerdings nicht gibt.

An manchen Tagen geht die Frau völlig nackt durch das Zimmer. Sie kocht etwas in der Küche, versucht, den Flur zu fegen, näht einen Knopf an und hat nichts am Leib. Dann setzt sie sich auf einen Stuhl in der Ecke und reibt sich sacht zwischen den Beinen. Der Mann schaut aus dem abgewetzten Sessel zu, interessiert. Als hätte sie sich in den Kopf gesetzt, einige Lebensäußerungen zu erneuern, wenn auch in bescheidenem Rahmen. Statt heißer Liebesszenen, die sie von dem Mann nicht mehr zu erwarten hat, holt sie sich einen Kosmos voll knisternder Erotik zurück. In der Hoffnung, die einsame Handlung könnte eine ganze Welt hervorbringen, den Fortbestand der Menschheit auf diesem Planeten sichern. Schließlich ist ihre so aufmerksame, so dünnhäutige Hand nicht weniger gut als jede Berührung, die von einem Mann ausgeht. Was die Frau tut, dauert ziemlich lange, als zielten ihre Bewegungen auf etwas außerordentlich Wichtiges, Menschliches. So etwas wie ein neuer Anfang, aus dem immer neuere und noch neuere Einzelheiten hervorgehen, Neuland. Als würde ihr Reiben das gemeinsame Einerlei des Seins verdoppeln, als bräuchte es nur einen kleinen Schubs, um die Dinge wieder voranzubringen. So scheint auch ihr Mann zu denken, der die Szene beobachtet. Später kann er den Artikel in der Zeitung weiterlesen, und die Welt dreht sich trotzdem wie zuvor.

Plötzlich zieht der Mann Dokumente aus seiner Hosentasche, vielleicht sind es Ausweispapiere. Er betrachtet sie, betrachtet sie eingehend und voller Zweifel, als handele es sich um die Papiere eines Fremden, um den Auszug aus einem Familienstammbuch, das nichts mit ihm zu tun hat. Weil er sich seiner Existenz nicht sicher ist, auch nicht seiner Vergangenheit, vom Tage seiner Geburt an. Er hat kein Vertrauen in seine Herkunft, traut dem Pass in seinem Besitz daher nicht, am Ende ist der amtlicherseits gefälscht. Und so, mit diesem beiläufigen Verweis auf seine Geschichte, stoßen wir auf die Vergangenheit eines Fremden, und das ist keinesfalls ein Fehler. Denn es muss gewährleistet sein, dass der Mann mit Hut für alle Menschen unserer Zivilisation stehen kann, für alle Vertreter einer Klasse, des Bürgertums, der Städter. Das, was der Mann ist, was für ihn Bedeutung hat, bleibt ohnehin außerhalb dieser Papiere, sie enthalten keine seiner Eigenheiten.

Vielleicht ist das nicht die Schuld der Dokumente, die wir bei uns tragen und die so wenig über uns verraten. Wir wissen über die Welt schließlich auch nur gerade so viel, wie wenn sie eine kaum ausgearbeitete Skizze wäre, und deswegen befingern wir die Umgebung, in der wir leben, als hätte man sie mit allzu flüchtigen Gesten vor uns hingestellt.

Deswegen befingert auch der Mann mit Hut die Papiere aus seiner Gesäßtasche voller Misstrauen, sie könnten sich als ungedeckter Scheck entpuppen, mit dem er etwas belegen will, was er am Ende gar nicht ist. Keiner kann es ihm bestätigen. Und genau deswegen wird der Mann auf einmal ganz ruhig. Beim Betrachten der Dokumente, mehrfach gefaltet und infolgedessen teilweise eingerissen. Irgendwann werden sie sich in Einzelteile auflösen, das ist dann die Folge seines obsessiven Faltens, damit sie in seine Hosentasche passen, hinten, am Gesäß. Er sieht sich die Ausweise nicht oft an, trotzdem, Papier hält nicht ewig, und deswegen werden Pass und Personalausweis in ein Bündel Einzelblätter zerfallen. Die später womöglich durcheinander geraten. Und dann könnte sich jedes Blatt selbstständig machen und auf einen anderen beziehen. Womöglich sagen sie in dem Fall viel mehr über den Mann aus, den wir betrachten.

Da fällt mir auf, dass wir von ihm überwiegend als einem Subjekt sprechen, mit einer Amts- und Polizeisprache, aber wo bleiben seine persönlichen Probleme, was wäre, wenn er gerade jetzt Zahnschmerzen hätte, was, wenn ihm in der Ecke, in der er manchmal Geige spielt, plötzlich die Tränen kommen, ohne dass er einen Grund nennen könnte? Es wird wohl so sein, dass ich das weitgehend ausblende, mitleidslos. So sehe ich noch nicht einmal den Hund kommen, der sich dem Mann in der Ecke nähert und ihm zu Füßen legt. Für den Hund, der in das allen gemeinsame Zimmer unseres Lebens läuft, hätte ich großes Mitleid, weil jeder Hund mein Mitleid weckt, während menschliche Wesen das nur manchmal und meistens ohne vernünftigen Grund schaffen.

In seiner Ecke fragt sich der Mann ohne Hund, den er lieb haben könnte, was sein Leben ausfüllt, ob es einen Inhalt hat, ob es so etwas überhaupt gibt. Denn jedes Leben geht seinen Gang, ob mit oder ohne eigenen Inhalt. Es vergeht immer so, als hätte es keinen eigenen Inhalt. Es vergeht, ganz regelmäßig, das genügt. Ein Leben ohne Inhalt vergeht vermutlich besonders regelmäßig, während eins, das etwas Besonderes in sich trägt, sofort an Unregelmäßigkeiten denken lässt und sich damit verdächtig macht. Schließlich ist das Leben an sich schon verdächtig, und aus ihm geht alles hervor.

Ein Menschenleben, das auf diesem Planeten ohnehin nicht vorgesehen ist, könnte ereignislos verstreichen, und das wäre die glücklichste Ereignisfolge, die dem Fall einen Teil seiner Schwere nehmen könnte. Das Leben macht Menschen das Leben schwer, ohne Leben, für das eine wirklich idiotische Anordnung sorgt, könnte das Leben beinah eine Art Glück bereithalten. Mit diesen Augen scheint der Mann seine Zeit zu sehen, wie er da im Zimmer sitzt, in Europa, mit Hut, was anzeigt, dass er das Zimmer, seine Zeit bereits verlassen hat, dass er nie drinnen war, nie ein eigenes Leben hatte, nur ein paar grundlegende Tatbestände, die, gleichmäßig und ohne Hast gebraucht, für ein ganzes Leben reichen. Das dann für erfüllt und erfüllbar gelten wird, weil es aus der Fülle an Möglichkeiten die besonders repräsentativen gewählt hat. Auf die Art kann das Wertvollste eintreten, was das Leben in sich birgt: dass es sich von nichts und niemandem stören lässt. Nicht mal von sich selbst, von seinen eigenen Abgründen.

Ich denke, der Mann wird in dem Augenblick, in dem er das Ausmaß seiner Entrechtung begreift, ein Abzeichen an sein Hemd nähen, um zumindest der eigenen Frau zu zeigen, wie er seine Lage einschätzt. Denn die Art, wie er sich im Zimmer bewegt, zwischen den verbrauchten Resten eines Lebens, dessen Zerstörungsgrad unklar bleibt, scheint eine Epoche zu wiederholen, in der ganze Stadtteile abgeriegelt und nicht mehr frei zugänglich waren. Zum Glück gibt es in der Wohnung keinen Park, keine Straßenbahn und kein Kino, denn zu all diesen Orten hätte einer mit einem solchen Abzeichen an Brust oder Oberarm keinen Zutritt. Dann kommt der Hunger, die Frau kocht zwar, aber sie kocht nicht gern, was immer sie kocht, ähnelt einer Brühe aus Kartoffelschalen. Der Mann kann von Glück sagen, dass er allein mit seiner Frau wohnt, so kann ihn niemand antreten lassen. Was gäbe das auch für eine Reihe, die aus einem Mann besteht, egal, wie schlecht sein Ruf und seine Lage sind? Man könnte ihn höchstens nötigen, sich eine gewisse Zeit an die Wand zu stellen, aber das tut er ganz ohne Zwang von sich aus. So wie er, wenn er nicht aufs Fahrrad steigen mag, mehrfach im Kreis um den Tisch läuft wie ein Häftling beim Hofgang. Da setzt er sich dann manchmal wie ein Mann in solchen Anstalten auf den Boden, lehnt sich an die Wand und tut so, als sonne er sich. Als schaue er in den

Himmel, der aber bei ihm aus der Zimmerdecke besteht, an der sich im Lauf der Jahre eine speckige Rußschicht abgelagert hat. Manchmal denkt er an Vögel, eine Amsel hätte ihm gefallen, die zwischen den Zeitungen herumhüpft, auf der Suche nach Fressbarem. Es wäre schön, den fleißigen Vogel scharren zu hören, und der würde schon was zu picken finden.

Da das Zimmer trotz seiner trägen Friedfertigkeit an eine vom Krieg verheerte Straße erinnert, ist man geneigt zu denken, dass jeder, der dort vorbeikommt, in den Ecken nachschauen und einen Container mit Abfällen suchen würde. In denen könnte der Mann ein wenig kramen, und selbst wenn er nichts darin fände, es wäre ein Zeitvertreib.

Inzwischen ist klar, dass unser Held mit Hut praktisch nichts aus seinem Leben gemacht hat. Er hat nichts Großes geleistet, keine epochale Entdeckung geht auf ihn zurück, weder draußen noch hier im Zimmer. Und selbst die ganz normalen Handlungen, die jedem innerhalb seiner vier Wände freistehen, hat er unterlassen. Denn wer glaubt, dass er sich frei bewegen kann, hat keine Lust mehr auf eine der erlaubten Handlungen, sondern beschränkt sich auf die paar, die anschließend gleichgültig werden, weil sie sich ständig wiederholen. Und was sich ständig wiederholt, leuchtet keinem mehr ein.

Irgendwann schließlich entdeckt der Mann in einer Ecke so etwas wie eine Kiste, auf einer Seite eingedrückt und deswegen aus dem Leim gegangen. Dort, wo sie eingedellt ist, führen ein paar kurze Fäden ins Innere des Gegenstandes, den der Mann nicht genau einordnen kann. Er verändert sich, je nachdem, wie er ihn hält. Mal wirkt er rund wie ein Ball, dann wieder hat er scharfe Kanten und Einkerbungen, manche sind armdick, andere kleiner. Auch das Material ist ihm ein Rätsel, es fühlt sich an wie Teig. Oder Plastik? Kein Leichtgewicht, aber auch nicht sonderlich schwer. Der Mann dreht den Gegenstand in seinen Händen, betrachtet ihn von allen Seiten, und wird nicht schlau daraus, fragt sich vor allem: Was hat das Ding in seiner Wohnung zu suchen? Viele Sachen drängen sich fast von allein ins Leben der Menschen, aber das, was er gerade in Händen hält, übertrifft alles, er hat keine Ahnung, was es sein könnte und woher es kommt. Er hätte seine barfüßige Frau fragen können, vielleicht weiß sie etwas darüber, aber das ist nicht seine Art, er will selbst auf die Lösung kommen. Also steht er auf und sucht die Ecke nach ähnlichen Dingen ab, nicht jedes Ding kommt allein, so manche Erscheinung kann sich solo nicht halten, braucht Gesellschaft, eine Gefährtin, einen engen Freund, womöglich gehört das komische Kastengeschöpf dazu, kann auf Mitgeschöpfe nicht verzichten. Da überlegt der Mann, er sollte »das da« fürs Erste neben sich stellen, so tun, als würde er es nicht beachten, es aber nicht aus den Augen lassen. Er ist neugierig, wie sich der Fall entwickeln wird, egal, wie lang es dauert, ihn interessiert brennend, ob es so etwas wie Ding-Lebewesen gibt, denn dann könnte »das« sein Hund oder seine Katze sein.

Aber dann beobachtet er seine Frau und merkt, dass ihr auch nicht immer klar ist, was sie in der Hand hält, selbst wenn es sich um ganz gewöhnliche Dinge handelt, einen Löffel, ein Teesieb, einen Kamm. Besonders viel Zeit verliert sie mit der Untersuchung eines langen Messers, sie dreht und wendet es, fährt mit der Fingerkuppe über die Schneide, den stumpfen Messerrücken, erkundet schließlich den Griff, packt dafür das Messer an der scharfen Spitze, bringt sich also in Gefahr, zerstreut, wie sie nun einmal ist. Noch während sie das Messer an der Schneide anfasst, fällt ihr etwas anderes ein, das Messer verschwimmt im Ungefähren, wird ein Messer in Anführungszeichen. Es braucht nicht viel, um alles, was den Mann und damit auch die Frau umgibt, mit Patina zu überziehen, die Patina der Anführungszeichen. Dann haben alle Gewissheiten und zuverlässigen Standpunkte ausgedient, was bleibt, ist eine Reihe von Phänomenen in Gänsefüßchen, »Stuhl«, »Waschbecken«, »Dosenöffner«. Da erst wird ihnen klar, dass sie nicht richtig leben, realiter, sondern wie Beispiele. Sich zuletzt in das verwandeln, was wir, die anderen, sehen, sie werden »Mann« und »Frau«.

Im Zimmer ihres Lebens sind alle Scheiben dreckig und trübe, trotzdem öffnet der Wohnungsinhaber, der gemeine Europäer, kein Fenster und lehnt sich schon gar nicht hinaus. Denn der Mann mit Hut, der gelegentlich hustet und in seiner Ecke manchmal Geige spielt, vermisst nichts, alles, was ihm wichtig ist, ereignet sich drinnen. Zunächst in dem Zimmer, das voll unnötiger Dinge ist, und dann in ihm selbst, wo es noch mehr solcher Dinge gibt, unnötige.

Es gibt in dem Mann immer noch genügend Fantasie, er betrachtet alles, was draußen, auf der Straße, zu Hause ist, als sein eigenes Zimmer, nur eben umgedreht, nach außen gekehrt. Wie wenn man Hühnermägen putzt und ihren Inhalt ausschabt, mit einem Messer. Was immer wie Exterieurs wirken mag, sind auch nur Zimmer, bloß mit weggerolltem Dach und auf die Straße geschüttelt. Wo sich in Wirklichkeit überhaupt nichts rührt, alles steht still. Genau genommen könnte der ganze Tumult, der Verkehrslärm wie auch alles andere, Blendwerk sein und unsere neurotische Wahrnehmung. Und auch die Unordnung und ein Innenraum gleich einer Müllkippe sind Teil der Straße und dank menschlicher Lustlosigkeit hineingekommen. Selbst wenn der Mann den Entschluss fasste, woanders hinzugehen, er befände sich in einem anderen Zimmer, nur eben draußen. Deswegen bleibt er, wo er ist, wo die Außenseite der Welt gut zu hören und zu verstehen ist. Während ein Martinshorn heult und ein Radio markerschütternd brüllt.

Alles in allem steht dem Mann in der Ecke seines Lebens die Welt genauso offen, wie wenn er seinen Winkel verlassen würde. Auch die Frau, die aller Wahrscheinlichkeit nach seine Frau ist, vielleicht aber auch nur aus unbekannten Gründen in derselben Wohnung wohnt, auch sie bringt Ereignisse der äußeren Welt in den Raum. Das Badezimmer wird zum Friseursalon, wenn sie ihre Haare auf Zeitungspapierstreifen wickelt, während der Mann, der schon länger nicht mehr Geige gespielt hat, das Zimmer fegt, wie wenn er unten den Boulevard vom Kehricht befreien würde. Offensichtlich können zwei Menschen im Prinzip das ganze Leben einer Großstadt in ihrem Zimmer wiederholen, nur haben die wenigsten Lust dazu.

Das sind die versammelten Gründe, warum die beiden ihr Zimmer nicht verlassen. Sie tragen ihre Wohnstatt auf dem Rücken mit sich, wie die Schnecken. Selbst wenn sie irrtümlich hinausgingen, sie würden es nicht merken. Denn das Zimmer des Mannes, das ist, wie wenn sich die Schnecke ihr Haus auf den Kopf stülpt oder wie die Zelle eines Häftlings in Sibirien. In Sibirien müsste man Gefangene nicht einsperren, sie könnten ihren Kerker verlassen, die Frage ist nur, wohin? Der Häftling trägt seine Kasematte mit sich herum wie die Schnecke. Und genießt das aufgezwungene Häuschen noch!

Vielleicht ist es ein Glück, das keiner in der Wohnung raucht. Denn bei Rauchern, vor allem bei nervösen Rauchern, die nicht darauf achten, wo sie abaschen, bricht schnell ein Feuer aus. Das wäre in einem Zimmer, dessen Boden über und über mit alten Zeitungen und sonstigem Papier bedeckt ist, besonders gefährlich. Zumal sich in den Ecken Packpapier angesammelt hat, mit denen ursprünglich Dinge eingewickelt worden waren, um sie mit der Post zu schicken. Was immer den beiden irgendwann einmal geschickt wurde, wurde ausund irgendwo hingepackt, und die Verpackung, Kordel, Karton und gewöhnliches Packpapier, blieben dort liegen, wo das Paket geöffnet wurde. Wie leicht könnte das alles in Flammen aufgehen, wenn ein wenig Glut darauf niederginge, gar ein glimmender Zigarettenstummel dazwischenfiele, was in dieser Familie zum Glück nicht vorkommt!

Ich sehe unzählige Zettelchen in den Ecken liegen, Eintrittskarten längst vergangener Kino- und Zirkusvorstellungen und ein Werbekärtchen aus einem Waschpulverkarton, das den klugen Mann dazu aufruft, seine genaue Adresse mitzuteilen, selbst wenn er im fernen Australien wohnt, und mit ein bisschen Glück werde er ein Fahrrad gewinnen, dessen Sattel mit echtem Leopardenfell bezogen sei. Dass das Kärtchen auf dem Boden liegt, heißt nicht, dass die barfüßige Frau prinzipiell nicht an solchen Gewinnspielen teilnähme, sie hat in ihrer Nervosität lediglich übersehen, was da in der Ecke liegt. Vieles in dieser Wohnung wartet geradezu auf ein paar Flämmchen, weil es immer noch besser ist, wie im Mittelalter auf einem Scheiterhaufen zu verbrennen als in einem Haufen belanglosen Zeugs zu verrotten. Auch Müll hat seinen Stolz, mal mehr, mal weniger, da gibt es große Unterschiede, wie bei den Menschen auch. Mir scheint, am leichtesten entflammbar ist das aus nicht näher bestimmbaren Materialien bestehende Knäuel, das einem verendeten Tier ähnelt. Denn die Ansammlung unbekannter Herkunft ist so speckig, dass sie beim kleinsten in der Nähe geschlagenen Funken hochginge. Mir scheint, sobald das Kleinzeug am Boden brennt, lecken auch schon Flammen an dem umgekippten Stuhl, der längelang daliegend dem Feuer näher ist, als wenn er aufrecht an der Wand stünde. Und wenn der Stuhl brennt, ist der Tisch nicht mehr weit mit allem, was die Tischplatte belagert und das zu zählen jeden, selbst den Geduldigsten, überfordern würde. Jetzt beginnt in meinen bangen Gedanken zu dem Zimmer auch die wirklich sehr abgenutzte Einrichtung zu brennen, und was das Traurigste ist, keiner weint dem unschuldigen, ganz klapprigen Mobiliar eine Träne nach. Der arme Stuhl, die verhakten Kleiderbügel, die Regalbretter, auf denen mehr Staub liegt als die Sahara Sandkörner hat – keiner der Gegenstände hat sich etwas anderes zuschulden kommen lassen, als bei derart unsensiblen, gleichgültigen Leuten zu verweilen. Hartherzige Menschen, hart gegen sich selbst und dann auch gegen Stühle und Schränke. Viele der Dinge in menschlichem Besitz würden sofort in Flammen aufgehen, wenn sie könnten, Fensterrahmen, Türblätter, Essensreste, jeder übrig gebliebene Krümel wartet auf den zündenden Funken. Das Hab und Gut der beiden, ihre in die Ecken gefeuerten Anziehsachen, ein abgetragener Mantel, die Röcke der Frau, ein durchgelaufener Schuh, alles ist von einer Patina überzogen, die vom häufigen Gebrauch, dem hohen Alter oder schlicht der verstrichenen Zeit herrührt. Von einer Emulsion, in die, bevor es vergessen wird, einiges zwischen dem ganzen Müll getunkt wurde, damit es in gewaltigen Flammen auflodert. Die Dinge hingegen, mit denen die Wohnstätten Europas üblicherweise ausgekleidet sind, fehlen hier. In dieser Wohnung gibt es weder Vorhänge noch Teppiche noch Lampenschirme, sondern nur eine nackte Glühbirne, die am Kabel von der Decke hängt wie eine Giftschlange mit leuchtenden Augen.

All das wälze ich in Gedanken, während ich die Szene beobachte, in der der Mann mit Hut schließlich doch das Fenster öffnet, was ich ihm überhaupt nicht gewünscht hätte und als Ereignis am liebsten überspringen würde. Auch wenn das Zimmer unseres Lebens nicht nur ein einziges Durcheinander voll überflüssiger Einzelteile ist, sondern auch noch voll abgestandenem Mief, ein Produkt menschlichen Lebens. Ich weiß auch nicht, wie es kommt, dass beinah alles, insbesondere die Pflanzenwelt, gute Luft produziert, nur der Mensch verbraucht sie, verwandelt sie in etwas, das schlecht riecht und schwer zu atmen ist. Deswegen bin ich nicht mit mir im Reinen, was für unseren Helden besser wäre: In der verbrauchten Zimmerluft Europas ersticken oder das Fenster aufreißen und damit den geschwätzigen Nachbarn auf den Plan rufen? Denn eine Unterhaltung kann vonseiten eines Unbekannten nur ein Vorwand sein, um sich bei dem Mann mit Hut einzuladen, in sein Zimmer zu kommen, auf dass sie beide mit den ziemlich angeschrammten Schachfiguren versuchsweise eine Partie spielen.

Der Mann sollte in seinem ohnehin problematischen Leben keine Freunde dulden, unter absolut keinen Umständen jedoch darf er zulassen, dass sich ein Freund in seinem chaotischen, schmuddeligen Zimmer, und sei es nur für den Moment, häuslich einrichtet. Als wäre das die Pointe einer Partie Schach: unversehens einen Mitarbeiter zu bekommen für die Arbeit des Lebens, voller Mühsal.

Vielleicht fände der Mann in einer der zerfledderten Broschüren auf dem Fußboden Ratschläge zum Umgang mit anderen Männern, auf welche Art er mit ihnen reden oder ihnen Fragen nach diesem und jenem stellen und beantworten und ob er in Augenblicken größter Schwäche mit einer der ihm ganz gleichgültigen Personen eine Partie des langweiligen Spiels spielen solle, bei dem einer über den anderen herfällt. Unterhält man sich, und sei es von Fenster zu Fenster, mit einem anderen, der genauso unausgeschlafen ist wie man selbst, führt das unweigerlich zu einer Kette weiterer Ereignisse, bis man sonntags zusammensitzt und eins dieser blöden Spiele spielt. In der Folge wird ihm der zwielichtige Nachbar vorschlagen, die ohnehin nicht große Wohnung mit ihm zu teilen, einschließlich Vergütung für den Zugezogenen, der die ganze Unordnung beseitigt und für eine halbwegs anständige, menschenwürdige Umgebung sorgt. Der Fremde verspricht auch, sich niemals an der verführerischen Frau im Unterrock zu vergreifen, sie nicht einmal anzuschauen, sondern nur fleißig die unzähligen Gegenstände zu sortieren und, wenn er müde werde, ein wenig in der Ecke auf dem Boden zu dösen. Aber der Mann mit Hut, dem der Vorschlag gemacht wird, müsste dem Eindringling zunächst erklären, was er unter einer angemessenen Umgebung für menschliches Leben versteht, er könnte sich darunter ja den geruhsamen Aufenthalt in einem chaotischen, vollgestopften Zimmer vorstellen. Er könnte es gemütlich finden, unter seinem Hut im Sessel in einer Ecke dieser allgemeinen und verallgemeinerten europäischen Räumlichkeit zu sitzen. Alles andere könnte jedwede Annehmlichkeit zerstören, und das Unangenehmste überhaupt wäre, den wunderlichen Vorschlägen des Mannes vom Haus gegenüber nachzugeben.

Der Nachbar ist in der paneuropäischen Wohnung, die vielleicht nicht aufgeräumt ist, aber uns gehört, das Maß des Verstehens scheinbar naheliegender, tatsächlich aber fremder Vorschläge, die wir auf keinen Fall annehmen dürfen. Denn was die vollkommen fremde Person »von gegenüber« als Sorge ausgibt, ist oft nur Tünche und bloßer Schein, während das eigentliche Ziel des Friede-Freude-Eierkuchen-Nachbarn darin besteht, sich in das Zimmer einzuschleichen und so lange wie möglich dort zu bleiben. Warum sollte man sich mit jemandem abgeben, dessen Gesellschaft man nicht wünscht? Offenbar wissen die vielen frohgemuten Lehrmeister und Verfasser der schmalen Ratgeber auf dem Fußboden besser, was für den Leser gut ist, während der, der die Fortschritte gehen soll, nichts vom Fortschritt versteht! Also braucht es nicht viel, und schon knickt der Leser, ob mit oder ohne Hut auf dem Kopfe, ein und lässt den Unsympath in sein Leben. Wer an dem Punkt Ja sagt, ist geliefert, der Finsterling könnte ein Messer unter dem Mantel verstecken, den Leser damit vierteilen und so die Unordnung in dem Raum, der von seiner Unordnung lebt, um einiges vergrößern. Der dank seiner Unordnung sein zimmerliches europäisches Zimmerschicksal begründete. Unser Kontinent, reduziert auf ein Zimmer, zeigt im eng begrenzten Rahmen, was sich auf diesem nicht sonderlich großen Stück Festland im Lauf der letzten paar Jahrtausende ereignete: Dass das Leben auf ihm in Unordnung verlief und einzig die Unordnung unser kontinentales Schicksal bezeugt.

Wahrscheinlich liegt die Schuld bei der Gefährtin des Mannes, sie ist neugierig, will hören, was der Nachbar ihnen vorschlagen könnte. Denn so einer hat immer Zettel in der Tasche mit unbekannten Adressen und Namen drauf, Werbung für Veranstaltungen, Eintrittskarten und Fahrscheine, wobei zunächst offenbleibt, wie weit man mit diesem Papierwust kommt. Sie sind also nicht die Einzigen, bei denen sich Zettel und alle möglichen Sorten Papier stapeln, auch der Nachbar trägt so was mit sich herum, nur wichtiger und wertvoller! Wie der Handlungsreisende einer unbekannten Firma, der von Tür zu Tür geht und nebulöse, hochpreisige Waren anbietet. Die Ware hat er nicht dabei, die lagert woanders, ist ordentlich und gut verstaut, stattdessen hat er Prospekte dabei, hie und da mit Illustrationen versehen. Die Zeichnungen und Skizzen gelten für das Wichtigste, sie zeigen die einzelnen Gegenstände oder Projekte, die Sache selbst kommt später, aufbewahrt weit weg im Bauch einer Lagerhalle. Offenbar liegt eine ganze Welt in diesen Papieren, du meine Güte, wie viele holt der noch aus seiner Tasche? Schlimm ist der Zustand der Prospekte, mit Eselsohren, kreuz und quer gefaltet, verschmiert. Vermutlich immer wieder herausgeholt und hergezeigt, und durch den starken Gebrauch wurden sie zerfleddert, zerknautscht, mit Tabakkrümeln versetzt, überhaupt voller Krümel, wie sie sich zwangsläufig in Hosen-, Rock- und Manteltaschen ansammeln. Außerdem stinkt jedes einzelne Blatt betäubend. Mancher mag sie wertschätzen, trotzdem, das Papierbündel stinkt nach Verbrechen.

Aber was würden die beiden aus dem Zimmer, aus ihrem Leben mitnehmen? Der Mann entdeckt unter dem Bett einen großen Koffer, aus Presspappe mit metallenen Schutzkappen an den Ecken. Die Metallkappen sind gewissermaßen den Lederflecken nachempfunden, die die Ärmel von Männerhemden auf Ellbogenhöhe schonen. Scheinbar muss sich ein Koffer genauso durchs Leben schlagen wie der Mann, mit aufgesteppten Lederschonern. Koffer sind sowieso ein Phänomen der Knechtschaft, dazu verdammt, menschlichen Besitz, der sie eigentlich nichts angeht, in sich aufzunehmen und im Bauch durch Züge und Busse bis zu einer Garderobe, einem Lager, im besten Fall zu einem Schrank zu schleppen, in den der Kofferinhalt eingeräumt wird. Koffer sind wie Vorratskammern, in denen neben Sachen auch Erinnerungen lagern. Außerdem kleben Menschen Schildchen darauf, von Hotels, und manchmal findet sich an einer Ecke ein Kreidekreuz zum Zeichen, dass er die Zollkontrolle passiert hat.

Jetzt lässt der Mann die altertümlichen Schlösser aufschnappen, ohne sich daran zu erinnern, wann und warum er den Koffer zuletzt benutzt hat. Er öffnet ihn und schaut hinein, betrachtet das bunte, an mehreren Stellen schadhafte Papier, mit dem er ausgekleidet ist. Und der Innenraum, die gähnende Leere, das Nichts, schaut zurück, betrachtet den Mann; zwei kosmische Entitäten beäugen sich wechselseitig, der Mensch und sein Koffer, der das Eigentum des Menschen in sich aufnehmen soll, bevor die Reise beginnt, vielleicht eine Reise ins Ungewisse. Schon das Öffnen des Koffers, der

Blick ins Innere ist bereits eine Art Reise, schon bist du woanders, und vielleicht gibt es kein Zurück. Der Koffer liegt aufgeklappt in der Mitte des Zimmers, der Mann und die Frau umkreisen ihn, schauen in seine Bauchhöhle, wie wenn sich vor ihnen ein Abgrund aufgetan hätte, eine Spalte, die übersprungen werden muss, eine existenzielle Hürde. Bis jetzt hat man vor sich hingelebt, und plötzlich klafft da ein Abgrund, in den man stürzen könnte, für immer. Denn das Reisen ist eine Falle, pack also niemals alles, was du hast, was dir teuer ist, in den Koffer, mit dem du aufbrichst!

In solchen Gedanken beugt sich der Mann über den Koffer, sieht sich dann im Zimmer um, überlegt, was er aus seiner Vergangenheit und Gegenwart mitnehmen will. Es gibt so viele Dinge auf der nichtgroßen Oberfläche seines Lebens, aber nichts erscheint ihm so unentbehrlich, dass er nicht darauf verzichten könnte. Denn der Koffer ist zu klein für das Fahrrad, nicht einmal die Geige passt hinein, und was gäbe es in seinem Haushalt sonst noch, was der Rede wert wäre? Dann sieht er, wie sich die Frau, immer noch barfuß, im Unterrock, über diesen Sarg seines Seins bückt und irgendwelchen Kleinkram einpacken würde, offenbar ohne groß nachzudenken. Aber dann sind sie sich plötzlich einig und klappen gemeinsam den Koffer zu, drücken die beiden Schließen rechts und links ins Schloss, entschlossen, ihn so, wie er ist – leer –, mitzunehmen, egal, wohin die Reise geht.

Die Straße

Dort angekommen, an der unbekannten Straße, wo sie der Bus abgesetzt hatte und weitergefahren war, wirken die beiden wie tot, wächsern, wie ein Denkmal ihrer selbst, in Lebensgröße. Sie unterscheiden sich nicht sehr von dem Mann im Unterhemd und der traurigen Frau, die zwischen Küche und Zimmer pendelte. Außer dass sie jetzt ein rot geblümtes Sommerkleid über den Unterrock gezwängt hat und an den Füßen Sandalen trägt. Zum ersten Mal seit sehr langer Zeit halten sich die beiden an der Hand und betrachten die Welt, in der sie gelandet sind, er mit einem Zettel in der freien Hand, sie mit dem leeren Koffer, der immer leichter wird, so leicht, dass er Auftrieb bekommt, nach oben strebt. Deswegen hält sie ihn wie einen Luftballon.

Auf dem Zettel steht der Name eines Mannes, der sie abholen soll, Milovanović. Doch kein Milovanović erscheint am vereinbarten Ort, Milovanović, so scheint es, denkt nicht daran, die beiden abzuholen, die, sich bei der Hand haltend, wie Standbilder auf dem Pflaster stehen, wie Statuen aus Holz oder Kunststoff. Das ist sehr unhöflich von Herrn Milovanović. Schließlich haben die zwei ihre gesamte Vergangenheit aufgegeben, ihr ganzes Schafsleben, um weit weg von ihrem Stall aufgrund einer fragwürdigen Empfehlung auf einen Unbekannten zu warten, der sich einen Dreck um sie schert, das Versprechen, er werde sie erwarten, wirkt wie ein dumpfer Traum. Jetzt zeigt das, was das Zimmer umgibt, in dem sich ihr bisheriges Sein abspielte, sein wahres Gesicht, die Welt da draußen ist von Milovanovićs bevölkert, die viel versprechen, und später kommt alles anders.

So bleibt ihnen sehr viel Zeit; der Mann und vielleicht auch seine Frau verfolgen das Treiben um sie herum, den Verkehr, beäugen die Fußgänger und deren Verhalten. Während sie auf Milovanović warten, der heute wohl nicht mehr kommt, aber einer närrischen Hoffnung zufolge morgen ganz bestimmt erscheinen wird, entdecken sie Stück für Stück die Ordnung jenseits ihres Zimmers, draußen, unter fremden Menschen, in der Welt.

Es ist Pfingstmontag, die meisten Passanten sind fein angezogen. Gegenüber, auf der anderen Seite der Straße, die sich hier zu einem Platz weitet, ist eine riesige Leinwand aufgebaut, am Feiertag soll es Freiluftkino geben, Bilder aus aller Welt für jeden sichtbar projiziert. Von einem Schiff wird auf Matrosen geschossen, die am Kai Aufstellung genommen haben. Eine Kirche brennt. Ein Dutzend junger Männer posiert vor einem Riesenbonbon auf einem Lastwagen. Kaltblüter ziehen einen Fuhrwagen durch eine breite städtische Straße. Ein mageres Mädchen schreitet auf einem schmalen Balken, Zuschauer klatschen Beifall. Ein dicker Backfisch tritt mit einem Eis in der Hand aus einem Gemischtwarenladen. Ein Musikzug der Streitkräfte marschiert vorbei. Ein Verbrecher grinst auf der Anklagebank. Mehrere Maurer duschen nach Schichtende im Gemeinschaftsbad. Drei fröhliche Fleischereiverkäuferinnen lassen sich mit Würstchen um den Hals fotografieren. Ein Irrer will mit einem Flugzeug aus Papier fliegen, schlägt aber sofort auf dem Boden auf. Ein General unterschreibt ein Papier, trinkt einen Kaffee und wischt sich den Bart mit dem Handrücken ab. Ein schwarzer Boxer schlägt seinen Gegner buchstäblich aus dem Ring. Vierundzwanzig mutige Akrobaten klettern einer dem anderen auf die Schultern, der ganz oben schwenkt eine bunte Fahne, verlieren aber das Gleichgewicht und stürzen auf die Festbühne. Eine Milliarde Chinesen fährt Fahrrad, gefilmt aus großer Höhe. Acht nackte blonde Frauen spielen auf einem Feld am Strand Ball. Ein Schiff sinkt, nur das Heck ragt noch aus dem Wasser, da schießt ein Gummientchen aus der Tiefe zwischen das übrige Treibgut. Ein Vizefeldwebel küsst eine schwarze Frau, die zu diesem Zweck auf den Panzer geklettert ist. Ein Zeppelin brennt wie Zunder, die Reisenden springen aus großer Höhe, als warte unten eine weiche Matratze auf sie. Ein Radfahrer radelt im strömenden Regen gelassen über einen menschenleeren Platz. Fünf Chinesen gymnastizieren auf einer Straße. Ein Vulkan spuckt Lava. Der Präsident eines unbekannten Staates schüttelt dem Gewinner eines Radrennens, dem ein Kranz um den Hals hängt, die Hand. Ein Einäugiger bläst im Fußgängertunnel zur U-Bahn auf der Mundharmonika. Ein Lehrer misst mit einem Lineal die Nasenlänge seiner Schüler. Ein Löwenrudel döst im Schatten einiger Bäume. Mitten in einer zerstörten Stadt sitzt eine Familie auf einem Haufen Ziegel und blickt in eine ungewisse Zukunft. Eine alte Frau zieht irgendwo irgendetwas aus irgendeinem Container. Ein toter Wal wird mit großen Sägen zerlegt, um ihn abtransportieren zu können. Schafe weiden auf einem zerbombten Platz, direkt unter einem Reiterstandbild aus Bronze. Ein Offizier, dem ein Arm fehlt, verkündet von einer Tribüne das Kriegsende. Drei Männer stehen an einem windigen Tag am Ufer eines Sees und sehen in die Ferne, dorthin, wo ein unerreichbares Land liegen dürfte. Dann werden verschiedene Begebenheiten mit verschiedenen Menschen gezeigt, Rasieren, Mittagessen, Krawattenverkauf, Schuhe putzen, Würfelspiel in einer Kaschemme, Liebesspiel auf der Hintertreppe, Wettlaufen einbeiniger Invaliden, Bierstände, opulente Beerdigung, Feuerwerk.

Da kommt ein Polizist auf das Paar zu, das ganz von den Filmszenen gefangen ist, und stellt ihnen eine Frage in einer Sprache, die sie nicht verstehen. Aber was könnte der Mann, an dessen Jacke mehrere Knöpfe fehlen, schon erwidern, selbst wenn er verstünde, was die

Person in Uniform wissen will? Dass er im Stall seines Lebens lebte, zusammen mit einer Frau, die er kaum kennt. Dass er dort in der Ecke seines Zimmers saß, gelegentlich die Geige zur Hand nahm und etwas darauf spielte. Ab und zu mit dem Fahrrad um den Tisch kurvte und vielem ausweichen musste, was im Weg stand oder lag. Dass es Momente gab, in denen er Papierflieger bastelte und in die gegenüberliegende Ecke fliegen ließ. Dass er manchmal alles sehr beschwerlich fand und ihm gelegentlich ein fürchterlicher Gestank in die Nase stieg, auch wenn er nie herausbekam, woher der stammte. Mehr könnte der Vertreter der städtischen Polizei nicht erfahren von dem Mann, der nicht alle Knöpfe an der Jacke hat, aber mit seinem Zettel in der Hand trotzdem ziemlich anständig wirkt. Der Polizist liest den Zettel, knüllt ihn zusammen und steckt ihn in die Hosentasche. Dann gibt er den beiden zu verstehen, sie sollten mitkommen, der Mann, die Frau und der Koffer, der, völlig leer, in der Luft dieser Atmosphäre ein wenig Auftrieb bekommt. In der Polizeiwache sagt der Beamte, das seien Russen. Das Mädel, das bei derlei Anlässen dolmetscht, sagt, was die von sich gäben, sei auf keinen Fall Russisch. Möglich, dass man so im hinterletzten russischen Verwaltungsbezirk spreche, aber sie verstehe kein Wort! Der Polizist zieht daraufhin den Zettel aus seiner Hosentasche, studiert den Namen, der dort geschrieben steht, und kann nichts damit anfangen. Deswegen müssen der Mann und die Frau auf der

Wache bleiben, solange, bis geklärt ist, was der Name auf dem Zettel bedeutet und welchen Status der Mann, die Frau und der Koffer, so leer und verdächtig leicht, haben. Also werden sie in den folgenden Tagen von verschiedenen jungen Frauen befragt, Spezialistinnen für verschiedene Sprachen. Keine versteht etwas. Aber als sie noch in ihrem Zimmer lebten, zwischen all den Dingen, hatte sie auch keiner verstanden. Die Dinge hatten nicht gewusst, was sie mit ihnen anfangen sollten, und sie hatten nicht gewusst, was sie mit den Dingen anfangen sollten. Und jetzt hätten die Gegenstände, zurückgelassen in natürlicher Unordnung, in der alten Wohnung, als Einzige ihre vorige Existenz bezeugen können, in einer Stadt, einer europäischen, wenn auch ziemlich tief im Süden.

Zu allem Überfluss befand sich dort, im polizeilichen Fegefeuer, ein bedauernswertes Geschöpf, das nicht nur keine bekannte Sprache sprach, sondern überhaupt keine, hatte wohl eine Krankheit gehabt, im Gehirn, und grunzte nur noch. Und trotzdem, selbst dieser armselige Wicht wollte sie verspotten, lachte ihnen brabbelnd ins Gesicht, äffte ihre Ratlosigkeit nach, schlackerte vor gespielter Angst, wurde schließlich übergriffig, zog die Frau an den Haaren; ein Polizist musste ihn in eine Ecke drängen und zum Schweigen bringen.

Wahrscheinlich deshalb hängen Schautafeln an den Wänden, auf denen, stark vergrößert, der Sprechapparat des Menschen abgebildet ist, Mund, Zähne, Zunge, Kehle, alles einzeln, als solle dem gemeinen Volk erklärt werden, was von einem bestialisch verunstalteten Männerkopf bleibt. Trotzdem befindet sich daneben eine Beschreibung, wie ein derart in Einzelteile zerlegter Anonymus die Buchstaben A, E, B und so weiter erzeugt.

Die Polizeikräfte der Stadt haben zahlreiche Zweifel an den beiden Personen. Die weder Papiere noch Geld bei sich haben, nur den einen oder anderen Krümel, wie er sich noch in der leersten Tasche findet. Selbst die verknickten Ausweispapiere des Mannes liegen noch in der alten Wohnung, er hatte im letzten Augenblick die Hose gewechselt. Die größten Rätsel gibt der riesige Koffer auf, weil er leicht wie eine Seifenblase und völlig leer ist. Keiner da, der den Beamten erklären könnte, dass Milovanović Ausweise und Geld hätte beschaffen sollen, und dann wäre vielleicht auch Verwendung für den Koffer gewesen.

Aber weil Milovanović nicht greifbar ist, versuchen sich die Beamten selbst an dem leeren Koffer und behandeln ihn wie ein Lebewesen, das ihnen allerdings auch keine Fragen beantworten könnte. Sie inspizieren den Korpus und dessen Organe, als gehörten sie einem Tier, verwenden viel Mühe auf die Außenhaut, die Schlösser und den Griff, befassen sich mit jeder einzelnen Schutzkappe an den Ecken, deren Messingglanz selbst nach so langer Zeit noch strahlt; das Metall am

Reisekasten blinkt wie pures Gold. Wenn sich doch aus den nachgedunkelten Hotelschildchen etwas ableiten ließe, die eine unbekannte Hand vor langer Zeit aufgeklebt hat. Dann widmen sich die Schnüffler von der Polizei vehement dem Inneren des Koffers, der mit buntem Papier ausgekleidet ist. Da und dort ist es wellig geworden und lässt sich ein Stück weit einreißen, um festzustellen, ob sich etwas darunter befindet. So wie man Lebewesen dazu bringen kann, Dinge aus ihrem Magen wieder hochzuwürgen, lässt sich auch ein totes Ding in der Form befragen, dass man seine Hülle zerreißt, zum Beispiel die Auskleidung eines Koffers. Tatsächlich fördern die schlanken Finger einer der grünlichbraun Uniformierten ein – leeres – Blatt Papier zutage, kein einziges Zeichen ist darauf, sie hält einen nicht existenten Brief in Händen, dessen Geist, Inhalt und sprachliches Material sich die jungen Frauen ausdenken müssten. Eine der Dolmetscherinnen meint, das sehe sehr nach Anarchisten aus, die schrieben doch ihre Briefe mit unsichtbarer Tinte.

Da wird der Mann mit Hut wütend und widerspricht in der Sprache, die keiner versteht: Sie seien keine Anarchisten, sie seien gar keine -isten! So stellt sich heraus, dass es im europäischen Sprachendschungel eventuell eine bislang unbekannte Sprache gibt, dass sich ein kleines Volk, ein Völkchen oder auch nur ein paar Sprecher mit einer noch unentdeckten Niemandssprache, einem Niemands-Abc verständigen. Jetzt kommt auch in die

Frau Leben, sie lächelt und sagt zu ihrem Mann in diesem beinah schon großkotzigen, hingespuckten Singsang, er habe recht, er müsse reden, selbst wenn keiner ihre verdammte Minderheitssprache versteht!

Dann wird es Zeit, sich mit der einstweiligen Unterkunft vertraut zu machen, nicht gerade ein Gefängnis, aber trotzdem eine Art Zelle, allerdings was für eine! In der die Betten schneeweiß bezogen, die Sanitäranlagen tadellos sauber waren, wo Seife, Handtücher, zwei Kämme, ein Fön bereitlagen, wie in einem Luxushotel. Dazu ein Abreißblock mit Gutscheinen fürs Rasieren, ein Rasierapparat wäre dann doch zu viel verlangt gewesen. Stattdessen bot ein Barbier den Insassen jeden Morgen seine Dienste an. So unterstrich jede Einzelheit die Symbolik des Fegefeuers, auch wenn sie die Tageszeitung neben der Schreibtischlampe nicht lesen können; ein zweiter, größerer Tisch war mit feinstem Geschirr und Besteck eingedeckt, dazu vielerlei Speisen, sogar die Heizung hätte trotz der warmen Jahreszeit funktioniert, wenn sie sie eingeschaltet hätten. Sie verstanden die Worte nicht, die der freundliche Wärter äußerte, begriffen aber sehr wohl deren Sinn: Er wünschte ihnen eine gute Nacht, fragte, ob sie noch etwas bräuchten, bevor er die Tür zuziehen und abschließen würde?

Unseren beiden drängte sich der Gedanke auf, sie hätten das triste Loch, in dem sie bisher gehaust hatten, mit ihren Mitteln ähnlich gestalten können, vieles wäre … Aber was half es! Sie hätten doch nicht aus dem eigenen Nest ein Gefängnis machen können, das ihnen wie das hiesige mit einem Mal ein menschenwürdiges Leben bot, eine wohlige Isolation, in der sich tief durchatmen lässt. Und sie mussten etliche Male tief Luft holen, bevor sich die Erkenntnis setzte, dass sie sich, trotzdem man sie eingesperrt hatte, wohlfühlten, und wie!

Nachts schrak der Mann aus dem Schlaf hoch, glaubte sich im Wachwerden in der alten, allerdings stark veränderten Wohnung, die vor Sauberkeit und Vollkommenheit blitzte. Was aber nur in Träumen vorkommt, und so drehte er sich betrübt auf die andere Seite, ohne dass seine Frau etwas merkte. Als er ein zweites Mal aufwachte, fiel ihm der unangenehme Stotterer ein, der sie hatte hänseln wollen, obwohl er selbst nur unartikulierte Laute hervorbrachte. Den hätte man, dachte er, hinauswerfen müssen, auf die Straße setzen, so ein penetranter Kerl hatte es nicht verdient, in sauberen Gefängnislaken zu übernachten.

Erst am Morgen, im Tageslicht, konnten sie ihre Zelle genau betrachten, jede Ecke ihres temporären Zuhauses inspizieren. Es war kaum vorstellbar, dass der kleinste Fleck, das kleinste Löchlein die Wände verunstaltete, so sorgfältig waren sie verputzt und gestrichen: Hier konnte keiner unbeobachtet einen Nagel einschlagen, um daran seine Kappe oder etwas anderes aufzuhängen, nicht einmal Mücken hatten Spuren hinterlassen, als hätten sie in diesem stillen Gemach Flugverbot. Und erst der Fußboden, auf dem nicht der kleinste Fetzen

Papier lag, nicht das kleinste bisschen Müll, ein schöner heller Holzboden, auf Hochglanz gebohnert, nicht nur in der Mitte, sondern auch dort, wo sich die Nachlässigkeit der Putzfrauen am ehesten verrät, in den Ecken. Alles glänzte in seiner bescheidenen, aber umfassend aufrechterhaltenen Ordnung, die seriösen, wenn auch uniformierten Beamten bewiesen, dass es ging, dass so etwas möglich war!

Da dachte die Frau traurig, wie schön es wäre, wenn sie, trotzdem sie sich nichts zuschulden hatten kommen lassen, für immer hierbleiben könnten. Was könnten sie tun, um hierzubleiben? Hier würde es sich lohnen, sich jeden Morgen sorgfältig zu frisieren, ihr Kleid, mit dem sie unterwegs irgendwo hängen geblieben war, auszubessern, und anschließend ein paar Blumen in das Gefäß auf dem Tisch zu stecken, das darauf nur zu warten schien. Das Leben könnte noch einmal anfangen, bescheiden, aber ordentlich, ohne auf die Tür zu achten, in deren Schloss der Schlüssel, ganz ordentlich, zweimal umgedreht worden war. Von außen.

So verging eine Weile aufgrund anhaltender behördlicher Zweifel, woher die beiden kamen und was sie wollten und wie man mit ihnen zu verfahren hätte. Dann endlich fiel einem der jüngeren Uniformierten Professor Daumer ein und dessen Gemüsegarten. Dem waren gerade zwei Russen, die für ihn gearbeitet hatten, davongelaufen, und nun wusste der Herr Professor nicht, wie er den Spargel ernten sollte. Die Lösung!

Der Garten

Professor Daumers Haus hat drei Stockwerke, ist solide gebaut, mehr ländlich als städtisch, und steht in der Mitte ausgedehnter Grünanlagen. Die Fläche hinter dem Haus nehmen Gemüsebeete ein, während sich direkt vor dem Gebäude eine ordentlich gekieste Fläche befindet, die als Parkplatz dient. Links des Eingangs betrachtet Gregor Mendel, in Bronze gegossen, mit der Lupe in der einen eine Pflanze in der anderen Hand. Auf den oberen Etagen befinden sich die Räume, in denen Professor Daumer seinen Studien nachgeht, unten, zu ebener Erde, liegen neben der Küche zwei Räume für die Hilfskräfte, die im Garten gebraucht werden.

Jedermanns Leben fängt mehrmals an, in verschiedenen Variationen. Zwei Menschen, die lange im unaufgeräumten Zimmer ihres Schicksals gehaust hatten, bekamen eine neue Existenz, den Aufenthalt im Freien, unter Bäumen und dem Sternenhimmel. Wieder ist ihr Geschick eingegrenzt, doch diesmal nicht von den Wänden eines verwahrlosten Zimmers im Süden; hier flutet luftige Weite um Schultern, Köpfe und Glieder, gleich einem atmosphärischen Umhang, der sie mit dem Raum jenseits der Hecken um das Grundstück verbindet, sich in viele Richtungen erstreckt, über Felder und Hügel ausbreitet, Flüsse quert, hohe Fabrikgebäude, Türme und Kirchen umströmt und vielleicht nirgends endet. In dem neuen Raum ihres Lebens ist eine neue Art der Bewegung gefragt, sie muss anders sein, antizimmerlich. Wer hätte sich so riesige Gemächer vorstellen können, so groß wie die ganze Natur, die ganze Erde, die ganze Welt?! Trotzdem ist nicht gesagt, dass die gewaltigen Ausmaße das Leben der beiden erleichtern werden, womöglich vergrößern die Dimensionen nur noch die Beschwernis ihrer Pflichten. Bereits die wenigen Tage in Polizeigewahrsam haben gezeigt, dass sie hier, im Westen, keine Erleichterungen erwarten; die herzlose Art, mit Menschen zu reden, weckte in ihnen schon eine leichte Sehnsucht nach dem undurchsichtigen Chaos ihres früheren Lebens, in dem es immerhin so etwas wie eine bescheidene Wärme der Kindheit gab. Werden die beiden hier mit derselben Brutalität konfrontiert sein, die sie früher umgab und die sie ein für alle Mal hinter sich gelassen zu haben glaubten?

Die Geschichte verlagert sich nun ganz und gar weiter in den Norden. Weil sie erstens von einer Härte erzählt und zweitens von Erziehung. Beides sind Schlüsselthemen dieser Hemisphäre und prägen sie gleichermaßen. Denn nach der düsteren, in den grauen Zimmern ihres früheren Lebens vergammelnden Vorgeschichte empfingen Mann und Frau zwischen Professor Daumers akkurat angelegten Beeten den Beginn einer sorgsamen, gründlichen, umfassenden Bildung.

Schon bei der ersten Begegnung mit dem streitbaren Mann, der sie bei sich aufnahm, erkannten sie seine Kraft, seine Weisheit und den unbedingten Willen, das gesamte Wissen der Menschheit hier, im mit geomerischer Präzision eingeteilten Küchengarten, alles zu kapitulieren, was je in irdischen Gefilden keimte, egal wie. Denn er hatte es trotz Kontinentalklima geschafft, dass sich jede Blütenpflanze, jede Knolle und noch der exotischste Baum halten konnten, und steckte damit den ganzen Umfang botanischer Instrumente ab, die sich um Existenz und Schicksal der menschlichen Spezies schlingen. Dabei denke ich zuerst an die drei Palmen, exakt in einem gleichschenkligen Dreieck gepflanzt, dessen Ecken sie markierten und auf dessen Grundfläche sich das Übrige aus Geschichte und Tradition jeder Art von Wachstum zu tummeln hatte. Die Stämme dieser biblischen Pflanzen waren kurz, ungeschlacht und haarig, sie ähnelten Packstücken mit Schmugglerware, Waffen, genauer mit Gewehren, in Jute gewickelt und mit Kordel verschnürt. Ihre Wedel wuchsen nach drei oder vier Seiten hin, sie wirkten wie drei Männer, die dem Sultan Schatten spenden. Das soll ihr Wachstum beschreiben und ist vielleicht nicht sehr genau, denn die Natur macht es einem nicht gerade leicht, wenn man sie bildlich vor Augen führen will. Doch vor allem dienen mir die drei Palmen in einer anderen Wissenschaft, nicht der Botanik, sondern der Geschichte. Denn, und darauf kommt es mir an, der nur ein paar Ar große Garten Gottes hinter dem Haus steht für das Zeitalter des Menschen und wiederholt gewissermaßen die Entwicklung des menschlichen Denkens in Europa, angefangen bei den frühesten Erkenntnissen, zu denen ein Ptolemaios oder ein Heraklit den Grund gelegt hat.

Die nicht unbedingt recht gehabt haben müssen. Wir wissen bis heute nicht, worin unsere Vorgänger irrten, hier in Europa, befinden uns in derselben Epoche wie sie und führen die Tradition der Fehler mit unseren eigenen Versäumnissen nur weiter. Seit Tausenden von Jahren gehören wir zu einer einzigen Generation, auf dem Kontinent, wirken bis heute identisch, in allem. So geht von den Vätern auf Söhne und Enkel nichts Endgültiges über, höchstens die Angst, die zu den unverbrüchlichen Eigenschaften der Europäer gehört. Es gibt Männer, die sich zum Beispiel schon als kleine Jungs vor dem eigenen Puls fürchten, wie vor einer Höllenmaschine, die jederzeit explodieren könnte. Und genau diese Angst bewies die Frau, die mitten im Spargelbeet zitternd nach ihrem Puls tastete. Das merkte auch Professor Daumer, der mal der Frau, mal dem Mann lauschte. Denn er beherrschte ihre Sprache ebenso wenig wie sie die seine, und so fiel jedwede Verständigung schwer. Insofern war das Zählen des Pulses ein Anfang, egal, wie unbeholfen, der Beginn einer höchst merkwürdigen Unterhaltung mit dem Morsealphabet des Herzschlags. Bei aller Verschiedenheit gehören wir doch zu einer Familie, der europäischen Kleinfamilie, in der sich die Menschen gegenseitig zumindest am Puls erkennen, beinah jeder jeden!

Schwer ist der Weg zur Erkenntnis, so schwer wie die Besteigung eines Achttausenders, immer ein Fuß vor den anderen mit vielen Pausen in den Lagern entlang der Strecke. Schnell hatte Professor Daumer begriffen, dass er mit der Sprache, in der die beiden, übrigens selten, miteinander redeten, nicht weit kommen würde, und verzichtete auf normale Gespräche, bei denen sich Worte und Sätze aneinanderreihen. Stattdessen probierte er mit viel Geduld eine Art Pflanzensprache aus, ein Abc der Gewächse: A wie Avocado, B wie Butterkürbis, C wie Clematis, D wie Dahlie, E wie Eukalyptus. So wurde ein botanisches Esperanto geboren, das eine Brücke zwischen zwei weit auseinanderliegenden Kulturen baute, der des Professors und der der ihm zugeteilten Gartenhelfer. Mit Spielzeugspaten, Minigießkanne und winzigen Rechen gestaltete sich die Verständigung leichter. Nach einigen Tagen intensiver Beschäftigung mit dem bereits geschossenen Spargel wurde klar, dass die sich vorsichtig herantastende Kommunikation über das unbrauchbar gewordene Gemüse ihre Entsprechung im übrigen Leben hatte, in der Mühsal, der Müdigkeit, den Zweifeln, Überraschungen und Anstrengungen, zumal der Professor streng darauf achtete, dass die beiden trotz der vielen Arbeit mehrmals täglich auf der Bank vor der Hauswand eine Pause einlegten. Ihr Leben nahm einen beinah organischen Charakter an, während sich der gebildete Mann viel einfallen ließ, um die geistige Entwicklung seiner Helfer voranzubringen. Beispielsweise hakte er sich, als ihm auffiel, wie unsicher sie sich auf seinem Grundstück bewegten, bei den beiden unter und marschierte mit ihnen fröhlich durchs Haus, die Treppe hinauf, durch sämtliche Zimmer im ersten, dann auch im zweiten Stockwerk, Zimmern voller Bücher, Instrumente und schöner Möbel. Dann stiegen sie zu dritt wieder in den Garten hinunter und genossen noch einen Augenblick lang die Strahlen der Sonne. Wie in einem Reiseprospekt, in dem eine Bergtour mit gemütlichem Ausklang im Tal neben einem munter plätschernden Bächlein angepriesen wird. Dabei war dem Professor das Zählen wichtig: So und so viele Treppenstufen, so und so viele Schritte auf jeder Etage und insgesamt durch alle Zimmer. Eine buchstäblich schrittweise Einführung in die Mathematik, ohne Rechenaufgaben, ohne Hefte mit Karopapier, einfach durch Zählen, durch Ablaufen der Distanzen zwischen zwei Punkten im Garten, durch die Einschätzung der Winkel, wenn man eine Pappel erst von hier und dann von dort betrachtet. Da besann sich der Mann mit Hut auf seine Überlegungen und die Schlussfolgerungen beinah wissenschaftlicher Natur, damals in seinem unaufgeräumten, schmuddeligen Zimmer, und mit einem Mal empfand er den Professor als aufrichtigen, selbstlosen Führer zu den eigenen, bislang unterdrückten Neigungen, wobei hier im Küchengarten viel mehr Raum war für neue Ideen und Gedankenexperimente.

Einen kurzen Moment lang hätte man denken können: Was, wenn nur der Garten existierte, mit dem Professor darin und den beiden Menschen vor ihm? Wenn alles andere bloße Wahnvorstellungen und Phantasmen wären? So wie damals, als die antiken Götter schon verschwunden und Christus noch nicht erschienen war. Sodass einen kurzen Moment lang, wie einer sagte, nur der Mensch existierte. Deswegen muss man die drei und ihr unklares Verhältnis zwischen den Gemüsebeeten beobachten. Die von Natur aus fruchtbaren Gedanken anstoßen: Wenn sie mit ihrem Sprießen, Wachsen und Fruchten vermögen, was sie vermögen – dann wird wohl auch des Menschen Kopf etwas erreichen können! Bleiben wir also bei den drei Personen, und vielleicht sind es sogar nur zwei: Der Professor und das Paar als Entitäten einer Dramaturgie des Reifens.

Wie viele Male wurde diese Geschichte schon geschrieben! Aber sie setzt sich immerzu fort, entwickelt und erneuert sich, und deswegen glaube ich, dass ihr Plot, ihr Gehalt das Einzige ist, was die menschliche Gattung notwendig braucht: der Weg aus dem Nichts zu ein paar Rosenstöcken oder dem blühenden Apfelbaum im Garten. Die Kriechspur aus dem Erdinneren zur Röte am Horizont. Bewegung, Entwicklung, Reifen, Überlegen, Ziel. Man könnte das erzählen ohne Handlung, abgesehen von der, die sich aus dem Voranschreiten im Erkennen ergibt. Selbst wenn es sich nicht durchhalten lässt, wäre es doch ein Projekt, eine Perspektive. Die Empfindung kann ebenso gut dem Lehrer gehören wie denen, die er unterrichtet. Denn ihr Unwissen beinhaltet schon einen Teil des Künftigen, sie bringen die leere Tasche, das virtuelle Volumen, den Kornspeicher mit, der gefüllt werden soll.

Eine einzige Erzählung, ihr Inhalt, das reicht meiner Überzeugung nach für ein Menschenleben. Denn sämtliche Fabeln folgen einem einzigen Weg, auf dem sich die Buchstaben in Gruppen von Wörtern und Sätzen zur Erkenntnis vorankämpfen, alles andere sind nebensächliche Details. So öffnet sich der Stoff der Geschichte für andere, und es wäre ein Glück, wenn die anderen sie wiederholten, wieder und wieder.

Mit reichlicher Verzögerung, beinah spielerisch, damit die beiden nicht etwa dächten, sie würden einer ärztlichen Kontrolle unterzogen, vermaß sie der Professor mit einer Schieblehre und zeigte ihnen die Messergebnisse für Hände, Arme und Schultern, als würde er ihnen das Los aushändigen, das in der Lotterie den Hauptgewinn gewährt. Sie sollten es als angenehmen, witzigen Zeitvertreib empfinden, sollten nicht die ganze Zeit mit krummem Rücken Spargel stechen, es gab hier schließlich einiges zu lernen und durchaus auch Amüsantes. Der Professor wollte ihnen vermitteln, wie es in ihrem Innern aussah und dass sie neben Knochen, Muskeln und Blutgefäßen Ausdehnung, Zahlen, Summen und Mengen in sich trugen, dass sie wie alle Menschen umfassende, kluge Bücher mit zahlreichen Abbildungen waren – und jetzt war da einer, der ein wenig im Text ihrer Leben lesen wollte. Über derlei fast geodätisches Tun entwickelte sich allmählich ein bescheidener, sehr begrenzter Dialog, denn am Horizont des Gartens ging die Bedeutung mehrfach wiederholter Wörter einer eben noch unbekannten Sprache auf: Arm, Ellbogen, Ohr, Knie. Den Lauten, mit denen sie Teile ihres Körpers benennen konnten, buchstabierten sie Pflanzenteile hinzu: Wurzel, Stamm, Waldrebe. Wodurch ihre neuentdeckte Existenz beinah zu einem legitimen Teil der Natur wurde.

Seltsame Gedanken wirbelten dem Professor durch den Kopf, als brächten die zwei mit ihrer Anwesenheit seine Fantasie zum Brodeln, schockweise jagten ihm Ideen durch den Kopf, während er die beiden Geschöpfe betrachtete, die man weder schön noch hässlich, sondern am ehesten ziemlich durchschnittlich nennen konnte, und gerade weil sie so durchschnittlich waren, verkörperten sie die menschliche Gattung aufs Genaueste. Auf seinen Streifzügen durch mögliche Themen aus allen Wissensbereichen dachte der Lehrer, ihr vorheriges Leben, über das er praktisch nichts wusste, außer dass sie auf jeden Fall aus einer Stadt kommen mussten, sei eine Art vorbereitende Existenz gewesen, an die sich nun das lang projektierte Zurück zur Natur anschloss, wenn auch im eng begrenzten Rahmen eines kontinentalen Gartens.

Gelegentlich führte sie der Professor in ein bestimmtes Zimmer, dessen Wände übersät waren mit Objekten und Schaubildern, wie sie früher in Grundschulklassen Verwendung fanden. In diesem besonderen Raum standen sie vor farbig angelegten Tafeln, auf denen unterschiedlichste Dinge beschrieben wurden, von nützlichen und gefährlichen Spinnen über das Löschen von Kalk, Sommer- und Winterbekleidung und den Vogelzug bis hin zu seltenen Wetterphänomenen. Eine Darstellung zeigte eine außergewöhnliche Himmelserscheinung, gesehen am 14. Juli 1865, in die Luft gemalte Kreuze, vermutlich aus Wasserdampf und fluffigen Wolken; von diesem Bild konnte sich die barfüßige Frau kaum losreißen. Kleine, aber erschreckende Skizzen zeigten die Partikel in der Luft: Was wir gezwungenermaßen alles einatmen. Ein Diagramm erläuterte die mittleren Temperaturen in den gemäßigten Breiten Europas, in Padua, Paris, Halle, Göttingen, ein weiteres die Wolkenformen, Kumulus, Stratus, Nimbus, alle wirkten so realistisch, als würden sie gleich aus dem Plakat heraus abregnen. Schließlich war auf einem handkolorierten Papier ein putziges Wetterhäuschen zu sehen, aufgestellt zu Forschungszwecken in dem Park von Zagreb, der direkt am Hauptbahnhof lag.

Eines Tages zog der Professor ein ramponiertes

Büchlein aus der Gesäßtasche, fast hundert Jahre alt, er las gern darin und hatte es deswegen oft bei sich. Und jetzt ergab es sich fast von selbst, die Unterrichtung der beiden auf entlegene Quellen zu stützen, doch wo genau die Anfänge des Wissens sprudelten, war kaum bekannt. So spulte sich vor den Augen der beiden, die in vielem unsicher waren, die allmähliche Entstehung der Welt und insbesondere der natürlichen Landschaften und Geschehnisse ab, soweit sie allseits auf dem Boden des alten Kontinents gediehen. Die schön illustrierten Seiten flackerten vor ihren Augen wie ein Film über die Geschichte der Menschheit, über menschliche Schicksale, ihre Mühsal und die hellen Momente bei der Aufrechterhaltung des Lebens, bei allem, was unsere Zivilisation hervorbrachte. Übersichtliche Darstellungen zeigten, wie man Feuer im Herd anzündet, den Acker pflügt und Honig schleudert. Und erst die Gerätschaften für die Feldbestellung, die Obstgärten, die Weinberge! Dreschflegel, riesige Fässer, soldatisch aufgereiht im Weinkeller, Pflückhilfen für Äpfel, Sicheln, Scheren, Kordeln und diverse Drähte. Darauf folgen Erläuterungen: Was ist Kreide, was Sand, was ein Ziegel. Wie viel Wissen steckt in einem Backstein, der wie das Brot aus dem Ofen kommt und genauso unverzichtbar ist. Ob es den schweigsamen Leuten gelingen würde, sich in jede Phase der unsicheren, sich über Jahrhunderte hinziehenden Entwicklung, in sämtliche Verästelungen und alle Errungenschaften zahlloser Generationen hineinzudenken, das hing nicht zuletzt von ihnen selbst ab, und ihr Lehrer war nur dazu da, die Entwicklung des Menschengeschlechts im Kleinen zu beaufsichtigen.

Dem Mann mit Hut dämmerte schließlich, dass das das Wissen war, nach dem er in den Bergen alter Zeitungen auf dem schmutzigen Boden seines alten Zimmerlebens vergeblich gesucht hatte, ein unentbehrliches Wissen, und nun endlich enthüllte es sich ihm. Hätte er es damals schon gehabt, im Trümmerfeld von Dingen, Phänomenen und Ideen, die sich ungeordnet in Haufen türmten und ihr Leben spiegelten, vielleicht hätte dieses Leben schon damals eine edlere, schönere Richtung nehmen können: Man muss davon ausgehen, dass der Baum ihres Schicksals selbst in dem dunklen Zimmer hätte Früchte tragen können. Woran hätte er sich erinnern können, versunken in die Betrachtung der Adern auf einem dünnhäutigen Blatt, wie hätte er es auf die Betrachtung der eigenen Hände übertragen können! Es bleibt der gewundene Stamm des herangewachsenen Baums. Der trotz Krümmung den heftigsten Windböen standhält, zwei tief gebückten Kreaturen zur Lehre, sich aufzurichten und nicht von jedem Schicksalsschlag niederstrecken zu lassen.

Auf diese Weise traute sich der Professor, beide in der Sprache seiner Wissenschaft zu unterrichten, Zettel für sie auf den Beeten zu verteilen und an einzelnen Pflanzen zu befestigen, den Gemüsegarten als Teil der Natur in eine Art Bibliothek zu verwandeln, deren Texte in den weichen Humus auf den Ländereien des Lehrers gelegt wurden. Denn die Gemüsegärtnerei als Handwerk vermag sie in ein Laboratorium zu verwandeln, in dem bei allem Schlamm und Modder ringsum an Erfindungen gearbeitet wird, die dem Schicksal des Landes eine neue Wendung geben könnten.

Veränderungen ereigneten sich auf diesem Gebiet täglich, angestoßen von vielen Gegebenheiten, die nicht selten in einem Gedanken bestanden, der dem einen oder anderen menschlichen Kopf entsprang. Damit ist erwiesen, dass selbst der störrischste Grashalm nichts gegen menschliche Kombinatorik ausrichten kann und deren alles vermischende Qualität. Ein göttlicher Baum ist stets in der Gefahr, nicht weiter in den Himmel zu wachsen, wenn ihn ein menschlicher Finger leicht zur Seite zieht, wodurch womöglich eine neue Art entsteht, bisher unbekannt. Schließlich war auch der Mensch die längste Zeit unbekannt im Weltall und zeigte sich später als kleiner Zweig und Fehler. Erstaunlich, wie er mit seinen geringen Kräften tagtäglich seine riesige, übermächtige Umgebung durcheinanderwirbelt. Als entsprängen alle Fäden aus seinen Fasern, die kombinierend und kombinatorisch mal Gutes, mal Böses hervorbringen.

Den Professor beschlich so mancher Zweifel an seiner Bildungsarbeit. Denn bei allen wertvollen Entdeckungen und Schlussfolgerungen stellte er sich sein Leben lang von Zeit zu Zeit der Frage nach dem Warum – wozu der ganze intellektuelle Aufwand, der mal glückte und mal missriet? Er war nie durch die Urwälder Brasiliens gestreift, hatte nie mit Eingeborenen am Amazonas gesprochen, hatte seine Leibesfülle nur von der einen zur anderen Pflanze auf seinen Gemüsebeeten bewegt, ihnen gut zugeredet und über Widrigkeiten hinweggeholfen, und trotzdem fragte er sich, ob er sich die Bedrückung, der kein Forschender entgeht, wirklich zumuten wollte. Denn viele müssen so gedacht haben, aber nur der aus den traurigen Tropen hatte den Mut, es auszusprechen. Dass er Reisen und Forschen verabscheue – weil Forschen etwas Vulgäres an sich hat, was dann hieße, das manche Dinge so bleiben müssten, wie sie sind, unerforscht.

Vielleicht deswegen war den beiden nicht bewusst, welcher Gefahr sie sich aussetzten: Was, wenn der Professor verdrießlich geworden wäre oder eine Art Depression bekommen hätte und das, was er mit ihnen begann, von jetzt auf gleich beendete? Denn alles hing von ihm ab, ohne ihn hätten sie keinen Schritt zwischen den Beeten und auch nicht in dem Leben tun können, das ihnen bevorstand. Das kommt schon vor, dass etwas anfängt, nicht mehr besser wird und deswegen im Sand verläuft. Also liefen sie über das gelobte Land der Pflanzen wie über dünnes Eis, als könnten sie jederzeit einbrechen, ihr ungewisses Schicksal im Wasser beenden. Ein Glück, dass ihnen die Gefahr nicht bewusst war, sie folgten einfach der Richtung, die ihnen der Professor gewiesen hatte, und wohin das führte, lag im Dunst.

Doch Professor Daumer führte die beiden verlässlich durch die geordneten Reihen seines botanischen Universums und hoffte, sie würden sich früher oder später einige der Bezeichnungen für das große Wuchern merken. Auch wenn das noch so lange dauern und noch so mühsam sein mochte! Schon ein alter Ethnologe hat gesagt, dass kein Mensch und nicht einmal Platon höchstpersönlich die Unendlichkeit aller Arten von Blüten und Blättern begreifen könnte. Doch was soll's. Pflanzennamen lernen konnte ihnen nur zum Vorteil gereichen, zumal die Pflanze selbst davon nichts wissen konnte. Denn an ihr ist es zu sein, am Menschen, sie zu benennen und zu rufen. Das ist nicht falsch ausgedrückt, denn Professor Daumer rief tatsächlich, wenn er seine Beete abschritt, einzelne Pflanzen zu sich, als riefe er einen Hund. Und manchmal spitzte ein Weißkohl oder ein Salatkopf sachte ein Blatt, wie ein Hund, der in Anerkennung seines Herrn die Ohren aufstellt.

Aber es gab dort auch tierische Teilnehmer, Vögel zum Beispiel. Manchmal waren sie in Arbeitsabläufe eingebunden und trugen Samen dorthin, wo sie gebraucht wurden, manchmal verursachten sie kleinere oder größere Schäden. Insgesamt aber überwog die Harmonie, weil der Flug der Vögel offensichtlich auf Ereignisse am Boden anspielte, ihr Flattern beispielsweise das Wachstum der Pflanzen widerspiegelte, so wie umgekehrt ihre Gestalt vom Wasser wiederholt wurde, wenn auch verzerrt. Ein kleiner Vogel, der über den Weg hüpfte, nicht fliegen konnte, obwohl er das Prinzip schon ahnte, als hätte ihn Leonardo unterrichtet. Denn Leonardo, glaube ich, hat alle Vögel der Welt das Fliegen gelehrt, auch die, die lang vor ihm lebten. Indem er ihnen den Menschen als Beispiel hinstellte, ein nichtfliegendes Lebewesen, das zu gegebener Zeit auf seine Weise abheben wird. Wenn sich der flugunfähige Mensch dereinst in die Lüfte schwingen kann, dann doch wohl erst recht die Vögel, die für dieses Unterfangen weit bessere Voraussetzungen mitbringen.

Der Mann könnte, denke ich, mitunter glauben, er bräuchte nur die Vögel und sonst nichts. Der mit Hut hatte, zugegeben vor langer Zeit, von einem Hund geträumt, der sich zu seinen Füßen einrollt, aber jetzt, wo er sich im Garten umschaut, hätte er wohl lieber ein Pferd gehabt. Auch das Pferd ist eine beeindruckende Erscheinung, wie ein Vogel, könnte man sagen, nur viel stärker. Jedenfalls kam es dem Mann in den Sinn, der früher, selten genug, höchstens im Sattel seines altertümlichen Fahrrads gesessen hatte, sich auf den Rücken eines Pferdes zu schwingen und mit ihm aufzubrechen, ins Unbekannte. Obwohl ihn alles daran gemahnte, dass die Welt womöglich nur aus einem umfriedeten Rechteck bestand, in dem Pflanzen wuchsen, die notwendigen zum Essen wie auch die anderen, die nur als Schmuck dienten. Wohin also aufbrechen, ob zu Fuß oder zu Pferde?! So war das schöne Tier nur ein Symbol und ein Zeichen, bei dem ihm warm uns Herz wurde, und hätte er eins in der Ferne wiehern hören, es hätte ihm sehr gefallen.

Auch wenn der Gemüsegarten des Professors paradiesisch wirkte, das reinste Eden, befiel insbesondere die Frau von Zeit zu Zeit eine Qual, als hätte sie plötzlich Schmerzen in der Hand, als hätte sie aus heiterem Himmel eine Wespe gestochen. Sie schrie vor Angst, wenn ein harmloser Käfer ihren Weg kreuzte, Würmer, Schnecken oder Tausendfüßler versetzten sie in Panik. Sie, noch immer eine attraktive Frau, fühlte sich von der geringsten Herausforderung so bedroht, dass es ihr nicht einmal ansatzweise gelang, die Ruhe zu bewahren. Bei den gewöhnlichsten Bewegungen bewies sie zudem eine Unsicherheit, als könnte sie selbst ganz alltägliche Handlungsweisen nur mit größter Mühe und erstaunlicher Verzögerung nachvollziehen. Der Professor reichte ihr ein Glas Wasser und beobachtete, wie sie trank – nie in einem Zug, immer nur in kleinen Schlucken, wohl aus Angst zu ersticken. Der Umgang mit den beiden und vor allem mit der Frau brachte Professor Daumer durchaus in Versuchung. Der Mann mit Hut passte sich offenbar leichter den neuen Umständen an, streifte gern die düstere Stimmung von früher ab, aber die Frau, diese Frau! Dem Professor, so viel lässt sich festhalten, lag angesichts des Unterschieds zwischen den beiden jedenfalls mehr an ihr als ihm, zumal das schreckhafte Wesen seiner Aufmerksamkeit dringender bedurfte als das Geschöpf unter dem Hut, das seine Hände meist tief in den Hosentaschen vergrub.

Einmal, die Frau hatte aus Versehen Brennnesseln angefasst, erhob sich die Frage: Kann es im Paradies so wehrhafte Pflanzen geben wie die giftige Alraune, die spitzdornige Rose oder die heimtückische Brennnessel? Wächst im Garten Eden, irgendwo am Rand, unter lockenden Bäumen, wirklich der kirschrote Speitäubling, reift dort wirklich der Apfel der Zwietracht heran, der jeden Bewohner in Versuchung führt? Ja, denn das Paradies muss sich zu verteidigen wissen, seine goldene Aura zugleich der Schild sein, hinter dem sich eine Waffe versteckt. Das Paradies muss sich selbst schützen, damit es paradiesisch bleibt. Deswegen grassiert mitunter der Wahnsinn im Reich der Pflanzen und Neurasthenie, wie von Philosophen nachgewiesen. Deswegen gebärden sich Gewächse mitunter vollkommen unberechenbar, das haben sie vielleicht den Menschen abgeschaut. Derlei Überlegungen förderten die Verbrennungen an der Hand zutage; der Professor bestrich sie sofort mit Salbe und warf der Frau einen Blick zu, der besagte, dass man sich auch hier, zwischen unfassbar lieblichen Beeten, vorsehen müsse. Sowieso hatte die Frau einen Hang zu kleinen Unfällen, stach sich an den Dornen der Brombeere oder trat, und das war weit schmerzhafter, unvorsichtig, weil barfuß, auf eine Wespe, die ihr im Todeskampf den Giftstachel in die Fußsohle rammte. Die Frau hüpfte auf einem Bein zur Bank an der Hauswand, und der Professor, wieder in der Rolle der barmherzigen Schwester, versorgte eilig den Stich.

Vielleicht empfiehlt es sich nicht, barfuß durchs Paradies zu gehen, vielleicht wären leichte Sandalen angemessen, wie auf Kirchenbildern dargestellt. Denn nicht einmal die Heiligen dürfen alle Vorsicht fahren lassen, und auch im Paradies muss man mitdenken, klug handeln, sich zusammennehmen, konzentriert sein, nur dann erlangt man Heiligkeit.

Ein glücklicher Zufall musste die beiden ins Haus des Professors verschlagen haben. Denn die unzähligen Unwägbarkeiten, die ihr Leben begleiteten, die Anhäufung unerklärlicher Umstände, die sie auf seine hübschen Gartenwege geführt hatten, enthielten gewaltige Anforderungen an den Umgang mit Menschen, die bei nichts anfangen, bei null. In einem neuen Leben, mit einem seltsamen Betragen, einer völlig verkümmerten Bildung! Was, wie und womit anfangen in einer Weltschöpfung en miniature, die zwei Menschen betrifft – doch entsteht die Welt nicht mit jedem Erdenbürger neu, der eben angekommen ist, angeblich aus der Tiefe einer Gebärmutter, in Wirklichkeit von nirgendwoher. Deswegen ist der ganze Aufwand, den man um ein Neugeborenes treibt, das Einrichten, Ordnen, Vorbereiten, für dessen Leben notwendig. Denn die Welt existiert nicht ohne das Auge, das sie anschaut; die Welt will nicht existieren, wenn sie nicht einer beglaubigt, der sie aus dem Augenwinkel betrachtet.

Die Wege voller Farben und Gerüche, mit ihrer malerischen Schönheit, hätten eingerüstet gehört, um die ganzen Einzelheiten in die Höhe zu bauen, die Menschen brauchen, um zu leben und nicht nur zu überleben, um im Überleben Fülle zu spüren, Annehmlichkeiten zu haben und vielleicht Glück zu erleben.

Der Professor hätte sich eine Haushälterin leisten können, eine Zugehfrau, die ihm dies oder das abgenommen hätte, aber er machte lieber alles selbst, bewirtete seine Gäste im Garten mit Schnippelbohnen, Schinken, Käse und selbst gebackenem Brot. Vor der Bank an der Hauswand fuhr er Mengen auf, als wären Hänsel und Gretel unverhofft zu Besuch gekommen. Er deckte den Tisch mit weißen Stoffservietten und Tellern ein, verteilte Besteck, entkorkte eine Flasche Wein. Wie bei einem Picknick, als würden sie in der freien Natur einen Imbiss nehmen, und trotzdem überforderte es die Neuankömmlinge in seiner Festlichkeit. Sie wussten nichts anzufangen mit Servietten, mit blitzblanken Porzellantellern, mit Gläsern, in denen sich der uralte Glanz der Sonne fing.

Als Erstes ließ die Frau die Gabel ins Gras fallen. Die Gabel mag für sich genommen zweideutig genug sein; hilfreich beim Essen, aber halsstarrig, wenn man sie ablegen will. Von allen menschlichen Gerätschaften hat sie pathologische Züge und neigt von Natur aus zum Runterfallen. Das liegt an der Wölbung, mit der sie ausgestattet ist und die sie befähigt, sich abzudrücken und irgendwohin zu schnellen. Vielleicht ist sie das Paradigma menschlicher Hilfsmittel: stets geschätzt, bis auf die Momente, in denen sie sich in ihr komplettes Gegenteil verwandelt und aus Erleichterung und Vereinfachung Qual und Anstrengung werden. Im Bemühen, die Gabel noch aufzufangen, verlor die Frau das Gleichgewicht, griff ins Leere, und die Gabel trudelte hinab und lag schließlich wie ein trotziges Kleinkind, ein Tunichtgut auf dem Rasenweg.

Aus dem Kampf mit Brotscheiben, Schinkenstücken und der Weinflasche, aus der die beiden nur mit Mühe ihre Gläser befüllten, gewann der Professor den Eindruck, das sie früher wohl ausschließlich mit der Hand gegessen hätten. Das stimmte nur zum Teil. Denn im Zimmer ihres Leben fanden sich so viele Gabeln und Messer wie an einem Fürstenhof, doch die meisten lagen in Kartons unter dem Bett oder vergessen auf Fensterbrettern. Den beiden hatten nicht die Dinge, sondern deren Ordnung gefehlt. Über einen längeren Zeitraum hatte ihnen das Schicksal Struktur, Reihenfolgen, Artikulation vorenthalten, eben jede noch so rudimentäre Ordnung. Sie besaßen Teller, sowohl tiefe als auch flache, bloß waren alle benutzt und gammelten auf Zeitungshaufen, in Zimmerecken oder neben anderen Gegenständen auf dem Schrank vor sich hin. Genau genommen waren es die Speisereste auf den Tellern, die gammelten, wobei das Brot meistens auf dem Tisch liegen blieb und nach einigen Tagen knochentrocken war.

Milch hingegen fing erst an zu schillern und wechselte dann, wenn sie es leid war, den Aggregatzustand Richtung Sauermilch. Von all dem konnte der Professor nichts wissen, er kümmerte sich einfach um ihre Ernährung und dachte bei sich, sie kämen sicher aus einer Region, die weder Tische noch Stühle noch Teller kannte und Messer nur in der Form, wie man sie im Krieg verwendet.

Wie er sie so betrachtete, grübelte der Lehrer noch über etwas anderes nach: Wie sie neu einkleiden, was ihnen geben anstelle der einen, jämmerlichen Garnitur, in der sie zu ihm gekommen waren? Seine Schränke waren voll, er hätte dem Mann und der Frau gern ein paar ordentliche, hübsche und saubere Sachen zum Anziehen geschenkt, aber wenn sie nun jedes Hemd aus seinem Schrank, jede Bluse seiner verstorbenen Gattin noch weiter belasten würde, wo sie doch ohnehin schon so verwirrt und eingeschüchtert waren? Am Ende waren dem Mann sein Rasierdress, der Frau der Unterrock, der an mehreren Stellen aus dem geblümten Sommerkleid quoll, zur zweiten Natur, zum integralen Bestandteil ihres Fleisches geworden, vielleicht hätten sie, nähme man ihnen das weg, das Gefühl, man zöge ihnen bei lebendigem Leib die Haut ab. Es ist nicht so selten, dass sich einzelne Kleidungsstücke ihren Trägern anverwandeln, insbesondere bei Menschen in ärmlichen, bescheidenen Verhältnissen kommt das vor. Denn im Lauf der Zeit verwachsen zerrissene Seidenstrümpfe oder ein gerripptes, löchriges Hemd mit einem weiblichen oder männlichen Leib, verändern deren Anatomie; etwas Äußerliches, Künstliches, etwas Textiles, ein in die Jahre gekommenes Etwas zum Anziehen dringt in die körperliche Verfasstheit des Menschen ein, wie wenn eine fremde Provinz, bislang unberührte, vom Mutterland getrennte Natur, umständehalber in einem neu gegründeten Staat aufgeht. Deswegen ertrug der Professor noch eine Weile den Anblick seiner wie Bettler gekleideten Helfer, statt ihnen weitere brachiale Veränderungen zuzumuten.

Lieber zeigte er ihnen den Raum, in dem er die Mahlzeiten zubereitete, eine altertümlich eingerichtete Küche mit dunklen Terrakottafliesen und einem großen Kohleherd neben hochmodernen Geräten wie Wasserkocher oder Schnellkochplatte, glitzernden Bratspießen, auf langen Regalbrettern aufgereihten Töpfen und Schüsseln, darunter Pfannen in verschiedenen Größen an einer ebenso langen Reihe Haken. Es sah aus wie eine Hotelküche, in der für viele Gäste und zahlreiche Angestellte gebraten und gekocht wird, aber ihr Sinn und Zweck ging über das rein Nützliche hinaus, es war ein Garten Eden der Kochkunst, die der Professor ebenfalls mit wissenschaftlicher Akribie erlernt hatte und praktizierte, penibel. Es war, als hätten sie ein Museum der Hauswirtschaft betreten, Dutzende Gegenstände, heute fast vergessen, hingen, standen und lagen dort wie einem nur noch antiquarisch erhältlichen

Eisenwarenkatalog entsprungen, diverse Arten von Tranchier- und Vorlegebestecken, Messerbänkchen aus Messing, silberne Serviettenringe mit eingraviertem Monogramm, ein Portionierer aus Edelstahl, mit dem man Kugeln formen konnte, eine Glasform, die Milch am Überkochen hindern sollte. Ein alter Gemüsehobel stand in der Ecke, auch wenn es wenig wahrscheinlich war, dass jemand in diesem Haus Weißkohl fermentierte. Eine historische Eismaschine bestand aus einem hölzernen Zuber, über dem ein Arm schwebte, wie bei einem Grammofon. Die Miniaturlokomotive mit mehreren Waggons, daneben ein Bündel Schienen, hätte man für eine Spielzeugbahn halten können, doch damit waren einst die fertigen Gerichte aus dem Bauch der Küche direkt auf den Tisch des Gastes gefahren worden, gleichsam ein gastronomischer Orientexpress.

Auch andere Zimmer warfen Fragen auf: Wurden die Gegenstände und Gerätschaften, die nur zum Teil notwendig und zum Teil reine Spielerei waren, tatsächlich im Alltag benutzt oder waren es artifizielle Museumsstücke? Dienten sie der Erziehung? In der angrenzenden Kammer waren Werkzeuge für diverse Reparaturen in Regalen deponiert, in solcher Zahl, dass sie eine vollwertige Werkstatt mit Zangen, Hämmern und Nägeln und weit spezielleren Geräten bildeten: Bohrmaschine, Schweißapparat, Seile, Leitern; wie Denkmäler menschlicher Tätigkeiten standen oder hingen Automaten an der Wand, aus denen man Zigaretten, Schokolade oder

Präservative ziehen konnte, dazu eine Telefonzelle, eine Fahrzeugwaage, ein Kinetoskop und mehrere mit Fußpedal betriebene mechanische Nähmaschinen. Wer immer diese Sammlung zusammengetragen hatte, der musste wahrhaftig einen Spleen gehabt haben – einige der frühesten elektrischen Melkautomaten waren zu bestaunen, fahrbare Untersätze für Betten, historische Telefon- und Telegrafenapparate, komplizierte Geräte für die ersten Bluttransfusionen, merkwürdige Hilfsapparate für Schwerhörige, eine Rutsche, mit der sich Menschen aus den oberen Stockwerken brennender Häuser retten können, ja, sogar ein elektrischer Stuhl.

Sich neuerlich den utilitären Zwecken eines fast unwirklich gut ausgestatteten Lebens zuwendend, bot ein Bereich des Hauses den beiden Einblicke in Praktiken rund um die persönliche Hygiene sowie um das Sauberhalten der persönlichen Umgebung: Bügelstation, Schrubber, Bürsten und Besen, Staubsauger. In einem Winkel stand ein Bänkchen mit abgeschrägtem Vorbau, auf dem eine Messinghalterung in Form einer Sohle glänzte und dem Mann, der seinen Fuß hineinstellte, eine gründliche Reinigung seiner Schuhe mit den seitlich verstauten Bürsten und Cremes verhieß. Es war wie ein Willkommensgruß auf dem Weg zur nächsten Abteilung, der Bekleidung, getrennt nach Herren und Damen, woraus Besuchern von einem fremden Stern unzählige Dinge zu berichten wären, darunter der aberwitzigste Kleinkram.

Im Männern vorbehaltenen Teil füllten Anzüge, Mäntel und Hemden, Unterwäsche, Strümpfe und Schuhe, Hüte und Schals mehrere Schränke. Aber diese alltäglichen Komponenten wären nichts ohne die unzähligen Details, die Unter- und Oberbekleidung erst Sinn geben. Ich denke an Vatermörder, Fischgrätenversteifung für Hemdkragen, Taschen- und Armbanduhren, Flachmänner und Zigarettenetuis, Schuhlöffel, Manschettenknöpfe, Feuerzeuge, Federmesser, Tabakdosen, Pfeifen, Kartenspiele, Tombolalose, Jetons fürs Roulette, Notizbüchlein, handliche Kalender, aber auch sonderbare, schwer einzuordnende Dinge, Figurinen, Sternchen, vertrocknete Blüten, eine Sammlung von Amuletten, ohne die ein gestandener Mann nicht leben kann.

Als der Professor die Tür zur Damenabteilung öffnete, geschah jedoch etwas Unerwartetes: Die Frau verharrte auf der Schwelle und wandte sich dann ab, sie wollte nicht eintreten. Denn wofür stand die Überfülle an Dingen, immer eins ans andere gereiht, wem half das?! Ein Menschenleben konnte ihrer Meinung nach so oder so sein, aber doch nicht so sublim, so ideal. So viel Unordnung wie in ihrem früheren Leben musste es nun nicht gerade sein, aber das, was sie in den letzten Tagen gesehen hatte, war mehr, als sie sich je hätte träumen lassen, das konnte nicht gut enden!

Damit wurde dem Lehrer einiges klar. Zuvor schon hatte er seine sämtlichen Versuche mit den beiden infrage gestellt, abends oder in der Nacht beschlichen ihn

Zweifel, ob er recht daran tat, sich richtig verhielt, ob er es übertrieb, überheblich wirkte, ob er am Ende nur seine eigene Eitelkeit befriedigen wollte. Dabei kam er sich vor wie jene Schriftstellerin, die jahrelang an einer in der Antike angesiedelten Geschichte schrieb und jeden Morgen verbrannte, was sie im Lauf der Nacht zustande brachte. Ihn ließ die Frage nicht los, ob seine Erfahrung und langjährige Tätigkeit ausreichen würden für dieses Ziel: Zwei verwahrloste Menschenseelen wieder zur Arbeit zu befähigen, etwa so, als wollte man eine schrottreife, verrostete Lokomotive wieder in Dienst stellen und, mehr noch, symbolisch als Gefährt der Zukunft überhöhen. Wer oder was hatte den beiden diese geballte Bitterkeit eingeflößt, sie sämtlicher Fähigkeiten beraubt und mit einem so niedrigen Bildungsstand geschlagen, welche Kräfte hatten sie so niedergedrückt und flachgewalzt wie ein Blatt Papier, unbedrucktes Papier, ein leeres Blatt, ziemlich ramponiert, fast durchscheinend, mit eingerissenen Rändern? Der Lehrer wird das nicht herausfinden.

Es war nicht seine einzige Sorge, da ihm mehr und mehr die innere Distanz zwischen den beiden auffiel, die offenbar ein Paar waren, aber in vielen Dingen weit auseinanderlagen. Wie es dahin gekommen war, konnte er nicht nachvollziehen. Es mochte an den Verhältnissen liegen, in denen sie früher gelebt hatten, vielleicht hatte sich deshalb, nicht aus persönlichen Ursachen, so viel Galle in ihnen angesammelt, vielleicht hatten sie die

Umstände zu sehr unter Druck gesetzt und entzweit, schleichend, sodass sie nicht merkten, wie äußere Kräfte ihre Gemeinsamkeit zerstörten. Ob sich das reparieren ließ, ob der Lehrer mit all seiner Geduld, seinem behutsamen Vorgehen aus den beiden zwei Wesen machen könnte, die nur noch äußerlich etwas mit denen gemein hatten, die bei ihm angekommen waren, in naher Zukunft jedoch wie neugeboren zwischen den üppig gedeihenden Gartenbeeten umhergingen? Er hatte gehofft, allein die geometrisch vollkommene Verteilung der Pflanzen (und ebenso die systematische Ordnung der Gegenstände im Haus), also allein die Position sämtlicher Gewächse würde beiden so etwas wie innere Stabilität schenken, aus der mit der Zeit ein Gefühl von Leichtigkeit, ja, von Glück entstehen könnte. Bloß dass der Begriff in ihrem Vokabular nicht vorkam, Glück hatte es für sie noch nie gegeben, war unbekannt in dem Stall, aus dem sie sich aufgemacht hatten.

Der Gelehrte hatte im Lauf seines Lebens viele Menschen kennengelernt, gewöhnliche wie ungewöhnliche, agile wie depressive, aber die Gemütsverfassung von diesem Paar, ihre anhaltende, in jeder Regung spürbar werdende verzweifelte Ängstlichkeit, überstieg alles, was er bisher gesehen hatte. Es stellte selbst seine Geduld auf eine zu harte Probe; einmal rutschte Professor Daumer sogar, aufgewühlt und trotz der Verständigungsprobleme in seiner eigenen Sprache, die Frage heraus: »Wart ihr interniert?« Und obwohl er die Worte nicht verstanden haben konnte, nickte der Mann mit Hut.

Ohne konkreten Anlass dachte der Lehrer an ein Buch, das er ihnen zeigen könnte, eine Hinterlassenschaft der Russen, die ihm vor den beiden zur Hand gegangen und über Nacht verschwunden waren. Sie hatten nicht einmal die Auszahlung ihres Lohns abgewartet, die Russen, ebenfalls Mann und Frau, dabei hatten sie tüchtig angepackt und sogar ein wenig seine Sprache gekonnt, immer nach Russenart weich ausgesprochen, und dann waren sie weg, grußlos. Jetzt fiel ihm das Buch ein, eine Anleitung zum Obst- und Gemüseanbau: *Ogorodnitschestwo, Sadowodstwo, Zweti.* Die russischen Wörter konnte er nur mit Mühe entziffern, wegen der andersartigen Buchstaben, ungewohnt für westliche Augen, und trotzdem war die Verwandtschaft spürbar, vielleicht auch zwischen den Menschen aus Ost und West, auf jeden Fall aber zwischen den Alphabeten und zwischen den Pflanzen aus der einen und der anderen Himmelsrichtung: porej shemtschushni, scharlott, kolrabi, schnittkolj, kapusta. Vor allem enthielt der Ratgeber wertvolle Zeichnungen, akribische Darstellungen vom Umgang mit Obst und Gemüse oder der Handhabung von Grabgabeln, Gießkannen und Leitern zum Abernten der oberen Äste. Einige Abschnitte des Wälzers versetzten den Inhalt nach Japan, das jedenfalls suggerierten angedeutete Brücken zwischen getrennten Gartenbereichen, Skizzen luftiger

Pavillons, eleganter Gewächshäuser und verschwiegener Lauben mit liebevoll ornamentierten Bänken. Und damit das Buch nicht allzu sehr zum Schwärmen verführte, befassten sich lange Passagen mit schweißtreibenden Arbeiten, die Genauigkeit verlangten: Umgraben, Pfropfen, Umtopfen. Die Vorbesitzer hatten an Stellen, die sie offenbar besonders interessierten, Spuren hinterlassen, etwa die Überschrift »Verschulen« – peresadka – mehrmals unterstrichen; sie musste in ihnen etwas ausgelöst haben. Weiter hinten waren Vorgänge in einem Apfel zu sehen, zu dem nicht nur Stiel, Schale und Fruchtfleisch gehören, sondern auch eine ganze Reihe unerwünschter Mitarbeiter, Raupen, Würmer, Falter, die sich an ihm zu schaffen machen. Das sorgte für eine Art Gleichberechtigung zwischen der Erdkrume, ihren legitimen Sprösslingen und Einwohnern und den Schmarotzern, Eroberern, Vergewaltigern, die sich dem System der göttlichen Ordnung aufdrängen. Wer weiß, warum der Mann, Gärtner und Russe, das Wort Schädlingsvernichtung rot unterstrichen hatte. Vielleicht hatten Frostspanner die Obstbäume des Professors befallen, vielleicht auch nicht. Noch verwirrender waren die Strichmännchen in komisch gestreiften Kitteln, die jemand neben die Illustrationen zu Gewächshäusern und Folientunneln für die Gemüseanzucht gekritzelt hatte.

Vielleicht stoßen Pflanzen als solche, insbesondere wenn sie blühen oder Früchte tragen, Gedanken an, die über sie selbst hinausweisen, gerade als wetteiferten sie mit der menschlichen Einbildungskraft und wollten ihre eigene bildkünstlerische oder zeichnerische Begabung unter Beweis stellen. Überall in Gottes weiter Welt finden sich Skizzen, Figuren und Zeichnungen, gemalt mit Blättern, akzentuiert vom Geäst einer Baumkrone, angedeutet von einem Grat, modelliert vom Schatten eines Steins, eines Felsbrockens, einer Abbruchkante, flächig ausgeführt von einer Grasebene. Das sind alles Zeichen, Bilder für unser Auge, wir müssen nur ein bisschen mehr Zutrauen zur leonardesken Hand der Natur haben. Daher erklärt sich eine gewisse Zufriedenheit in dem Auge des Mannes mit Hut, der seine Frau zu sehen glaubte, wie sie in der Dämmerung eine Clematis betrachtet, es führte aber auch zu einem Schreckmoment bei der barfüßigen Frau, die einen hölzernen Pfahl als finsteren Verfolger wahrnimmt. Und trotzdem weckt es bei beiden dasselbe Gefühl: Dass sie nicht allein sind.

Eines Sonntags führte der Professor seine Zöglinge auf den Teil des Anwesens, der keine Erträge abwerfen musste, sondern mit Blüten, Zierpflanzen und schönen Arrangements lediglich Auge und Nase erfreuen sollte. Dort zeugte eine Reihe von Rondells und Blumenbeeten von langjähriger Pflege, verschwiegene Ecken luden zum Verweilen ein, aber es gab auch erhabene Landschaften, künstlich angelegt, kleine Wasserfälle, Brücken, Pavillons, Wasserspiele und Bassins, eine Mischung aus germanischer Messgenauigkeit und englischer Gartenkunst, japanischer Formenstrenge und chinesischer Extravaganz und der lasziven Sinnlichkeit östlicher Gärten. Es war, als würde im Garten des Professors eine neue Seite aufgeschlagen, oder besser: als wandere der Blick, der bislang ausschließlich auf der linken ruhte, jetzt endlich zur rechten, gleichsam gespiegelten Buchseite. Denn auch dieser Teil musste unter großen Anstrengungen entstanden und eine elende Plackerei gewesen sein, und trotzdem atmete er puren Müßiggang, unbeschwerte Heiterkeit und genüssliches Nichtstun. Hier war kein Spargel zu stechen, keine Vorsicht geboten, um ja keine Stange zu beschädigen, und sowieso Sonntag. Damit stand die Frage nach einem nie enden wollenden Feiertag im Raum, nach dem Wochentag, an dem man ruhen soll und der früher oder später, wenn man ihn nur ließe, das gesamte Territorium der Zeit erobern könnte.

Die Ahnung von Unsterblichkeit, die Atmosphäre jenseits jeder Alltäglichkeit gründeten in der Wissenschaft. Sie sorgte in diesem Teil des Anwesens, der als Park angelegt war, für präzise eingemessene Pfade und Blickachsen, die, von Efeu umrankt, Schriftzeichen ins Immergrün malten und damit die nackte Realität vor dem menschlichen Auge in etwas jenseits der Realität verwandelten, in ein wissenschaftliches Manuskript, ein Buch.

Die Frau verlor bei diesem Anblick schier den Verstand. Das Blütenmeer, der Rosengarten, die vielfarbigen Schlingpflanzen, kleinen und großen Kakteen, Fliederbüsche und Kaskaden aus Blauregen – nach dem kurzen Schwächeanfall auf der Schwelle zur Damengarderobe im Haus erschien der Ärmsten all das wie die Vorboten einer neuen Epoche, als brächen nun das Zeitalter der Blumengärten oder womöglich paradiesische Verhältnisse an. Sie musste an sich halten, um nicht singend und jauchzend von Rondell zu Rondell zu springen, Blumen zu pflücken und zu Sträußen zu binden, einen, zwei, viele, die sie gern den Männern zu Füßen gelegt hätte, dem alten und dem etwas jüngeren, der die kleine Aufmerksamkeit gleichwohl verdiente. Was konnte sich aus dem Besuch der Blumenallee nicht alles ergeben, die sich so überraschend geöffnet hatte und, wie es aussah, ihnen für immer offen stand!

Nun musste der Professor nicht mehr lange warten, bis die Nach hereinbrach und er mit den beiden in den bestirnten Himmel schauen konnte. Er war nicht sicher, ob das verzagte Paar etwas über die Vorgänge im Weltall wusste, auch wenn sie wie wir alle dem unentwirrbaren Ganzen der Gestirne angehörten, das weder Anfang noch Ende hat. Möglich, dass sich die zwei, so verschlossen und zugeknöpft sie sein mochten, des Nachts gelegentlich aus dem Fenster gelehnt und das leuchtende Firmament betrachtet hatten, wer konnte das schon sagen. Der Professor musste sie in jeder Hinsicht durch die Dunkelheit leiten, und auch wenn es eine Versuchung mehr war, hielten sich alle drei unwillkürlich an den Händen, der Lehrer in der Mitte. Wie zum Zeichen ihrer Verbrüderung, als wären sie die letzten Menschen auf Erden. Unter dem Einfluss der Nacht, dem dunklen Reich des Universums, dem schwarzen Loch in unserem Leben, reichen sogar völlig vereinsamte Personen den Mitmenschen in ihrer unmittelbaren Umgebung die Hand, strecken die Finger nach ihnen aus, legen den Arm um sie.

Alsdann, nachdem sie etwas Stabilität in ihren Körpern spürten, irrte ihr Blick über den unendlichen westlichen Himmel, auf dem sich auch Sterne von anderen Hemisphären einfanden, als würden sie eine Versammlung abhalten, als kämen Himmelskörper von überall her zusammen. Wie viele Himmel auf einmal, auf einem Fleck! Es waren unzählige weit entfernte Welten zu sehen, einzuordnen und in ihrer Stellung zueinander zu verstehen. Denn ob Stern oder Kartoffel oder Blume, alle wollen gesehen werden, und nicht nur das, sie wollen über die Fundamente ihres Seins hinaus eine die Form hinter sich lassende Ganzheit entwickeln, zu Konvoluten und Systemen gehören, deren Sinn über sie hinaus weist. Nichts davon konnte der Lehrer den beiden erläutern, sie hätten seine Worte nicht verstanden, also hoffte er, dass sie ihre eigenen Schlüsse ziehen würden, und wies nur gelegentlich mit dem Finger in die eine oder andere Richtung. Während sie des Professors Bewegungen mit mäßiger Aufmerksamkeit verfolgten, konnten sie sich hier, wo sie auf einem Podium zwischen zwei trotz der Dunkelheit silbrig schimmernden Blumenrabatten standen, in dem schwachen Licht, für das menschliche Gemeinschaft noch in der größten Finsternis sorgt, die Abermillionen Lichtjahre entfernten Vorgänge im Weltall aus den Gesten eines Mannes übersetzen, dessen Hand mal in die eine, dann in die andere Richtung zeigte und so unfassbar große Phänomene, die unfassbar weit weg vor unfassbar langer Zeit stattgefunden hatten, souverän vor sie hinstellte.

Ich habe mich nicht in den beiden Räumen im Erdgeschoss umgesehen, in denen die beiden wohnten, nur von der Schwelle einen Blick hineingeworfen. Wie ein Briefträger oder ein Lieferant, der an der Tür schellt und, während der Empfänger die Empfangsbestätigung unterschreibt, müßig über dessen Schulter schaut. In seinem Kopf bildet sich dann ein Bild, das den Raum »von der Schwelle« aus so konstruiert, wie er in Wirklichkeit gar nicht ist. Drinnen herrscht eine andere Geometrie, und die Perspektive unterscheidet sich völlig von der, die sich von außen bietet. Ich kann also nicht sagen, ob sie wenigstens die grundlegendsten Dinge zum Leben hatten, ein Waschbecken und ein Rasiermesser, nichts Überflüssiges, nichts Übertriebenes; jedenfalls fielen mir allmählich Veränderungen an ihnen auf, an ihren Gesichtern, an ihrer Kleidung. Der Umgang mit Pflanzen und Gewächsen im Garten mag die kaum noch zu hoffende Wende herbeigeführt haben, und auch körperlich entwickelten sie sich in den Tagen nach dem Spaziergang im Park, erstarkten langsam, blühten regelrecht auf und fanden zu einer neuen Art des Seins. Nicht nur, dass ihr Teint samtweich rosig wie ein Pfirsich, ihre Wangen glatt wie die Schale eines Apfels wurden, auch in ihren Taschen öffneten sich neuerdings Kirschblüten, und grüne Walnüsse reiften darin aus. Auf dem Saum des Hemds, das der Mann irgendwo gefunden haben muss, schien sich eine Bordüre aus Rosmarin und zarten Basilikumblättchen auszubreiten. Denn mit dem Leib verinnerlichten sie Professor Daumers Lehren gründlicher als mit der Seele, Daumers Lehren vom Wachsen, Aufrichten und Erblühen. Dann kamen die Düfte dran, der Odem irdischer Lebensmittel, die Blätter, die sie umhüllen, und mit einen Mal kündeten die Fußspuren der beiden von einer neuen Existenz, einer mit Wurzeln, Knospen und frisch ausgetriebenen Zweigen vergleichbaren Existenz, wie wenn sie selbst zu zwei neuen Gewächsen im Garten der Welt geworden wären, allmählich.

Eines Tages, gegen sechs Uhr abends, kletterten zwei junge, gelenkige Männer in schwarzen Anzügen über die Hecke, die Frau hörte, über ein Beet gebückt, nicht das kleinste Geräusch, auch nicht, als sich einer der beiden vorsichtig in ihrem Rücken anschlich, in den Händen ein Messer, das er ihr mehrfach zwischen die Rippen rammte und so den Spargel rot färbte. Der andere Mann hatte ein Geräusch aus dem Abtritt am Ende des

Gartens gehört, lief mit vorgehaltener Pistole hin und feuerte eine Salve durch die Tür, wodurch sie quietschend aufsprang und erst der durchsiebte Mann mit heruntergelassenen Hosen und dann sein Hut herausfielen. Der Hut rollte über den Weg, schlingerte eine ganze Weile, wie ein geschickt geworfener Reifen, trudelte zuletzt auf der Stelle. Dann kam er zur Ruhe.

Teufel auch!, sagte einer der Männer auf Russisch, das sind gar nicht Nikita und seine Frau!

Bora Ćosić
Die Tutoren
Roman

Mit einem Nachwort von Bora Ćosić
Aus dem Serbischen von Brigitte Döbert
792 Seiten. Gebunden
ISBN 978-3-89561-587-0

Was für Irland Joyces *Ulysses*, ist für Serbien *Die Tutoren:* ein avantgardistisches, fast unübersetzbares Meisterwerk voller Wortspiele und Stilbrüche, ein experimentelles Labor der Sprache – aber dabei hochkomisch!
Im Mittelpunkt steht eine in Slawonien angesiedelte Familienchronik, die auf vielfältige Weise erzählt wird: anhand einer Rauferei in einer Kneipe, in Form eines Lexikons oder als Beratungsgespräch in einer Buchhandlung. Dabei hat der Erzähler als leidenschaftlicher Sammler kurioser Phänomene ein besonderes Augenmerk für Alltagsdinge.
Bora Ćosić, der während der Entstehung der *Tutoren* mit Veröffentlichungsverbot belegt war, bietet alles auf, womit sich nationalistische Mythen und Ideologien jeglicher Couleur lächerlich machen lassen: Ausgehend von einem rebellischen orthodoxen Priester des 19. Jahrhunderts über tatkräftige unternehmerische Frauen bis hin zu einem namenlosen Autor spannt er einen Bogen über 150 Jahre europäischer Geschichte.

Ausgezeichnet mit dem *Preis der Leipziger Buchmesse* in der Kategorie Übersetzung sowie dem *Straelener Übersetzerpreis*

»Es sind Sätze, an denen man sich kaum sattlesen kann.
Ein Meisterwerk der literarischen Avantgarde.«
Sabine Berking, *Frankfurter Allgemeine Zeitung*

»Fantastisch!«
Clemens Meyer

Schöffling & Co.

Bora Ćosić

Im Zustand stiller Auflösung

Roman

Mit einem Nachwort von Bora Ćosić

Aus dem Serbischen von Brigitte Döbert

128 Seiten. Gebunden

ISBN 978-3-89561-616-7

Die Reise eines Schriftstellers auf den Spuren Marcel Prousts in der Normandie geht gleich zu Beginn gründlich schief, denn das befreundete französische Ehepaar will in ein bretonisches Städtchen, in dem Proust nie war. Die kleine Reisegesellschaft quartiert sich im *Hotel Armor* ein. Der übergriffige Portier, der vor Kraft und Klischees über »uns« und »die anderen« nur so strotzt, liefert dem kränkelnden Schriftsteller reichlich Stoff zum Nachdenken. Nachdem seine Frau zu einem Vortrag enteilt und das befreundete Ehepaar wieder in Paris ist, bleibt er allein im tristen Tréboul zurück und wertet fröhlich grummelnd Dekadenz und Langeweile um. Seine eigene Suche nach der verlorenen Zeit karikiert jedes Pathos, voller Selbstironie und Witz zerpflückt der Ich-Erzähler eine vermeintliche Selbstverständlichkeit nach der anderen, am Ende auch den eigenen Traum vom Buch über Proust. *Im Zustand stiller Auflösung* ist eine hochkomische Suada, wie sie schon bei Ćosićs großem Familienepos *Die Tutoren* anklang. Auch hier verbirgt sich hinter seinem geistreichen Hadern eine mutige Kritik an den Auflösungserscheinungen der europäischen Kultur.

»In seinem hochkomischen und zugleich tief verzweifelten neuen Roman zieht der Doyen der serbischen Literatur die selbstironische Bilanz seines Schriftstellerlebens.«
Franz Haas, *Neue Zürcher Zeitung*

»Die Lektüre der sich manchmal über eineinhalb Seiten erstreckenden Sätze ist ein Genuss.«
Marko Dinić, *Süddeutsche Zeitung*

Schöffling & Co.

Bora Ćosić
Eine kurze Kindheit in Agram

1932–1937
Aus dem Serbischen von Brigitte Döbert
160 Seiten. 20 Abbildungen. Leinen
ISBN 978-3-89561-585-6

Der große serbische Erzähler erinnert sich an seine prägenden Jahre in Agram, wie Zagreb früher hieß. Dabei geht der Autor von *Die Rolle meiner Familie in der Weltrevolution* diesmal zurück an den Anfang seiner Welt und versetzt sich mit einer schwebend reflektierenden Sprache in die Denkweise eines Kleinkindes, um staunend die Rätsel des Lebens zu enthüllen.
Ćosićs präzise, eigenwillige und zutiefst philosophische Erinnerungen gehören in eine Reihe mit Benjamins *Berliner Kindheit um 1900*, Sartres *Die Wörter* und Nabokovs *Erinnerung, sprich*. Wie das Kind erobert auch das Buch immer neues Terrain. Nach der Sackgasse mit der ersten Wohnung der Familie kommen allmählich die Nachbarstraßen, dann auch Kaptol und Oberstadt, schließlich mit Maksimir-Park, Save-Ufer und anderen Ausflugszielen die ganze Topografie Zagrebs in den Blick.

»Ein luftiges Buch über die Seele der Dinge
und den Schmerz des Erwachens.«
Karl-Markus Gauß, *Süddeutsche Zeitung*

»Der kindliche Alltag wird von einer philosophisch aufgeladenen
Metaphernsprache umspielt, die beeindruckend ist.«
Martin Sander, *Deutschlandradio Kultur*

»Phantasievoll, beruhigend und für den Leser auch unterhaltsam.«
Jörg Plath, *Frankfurter Allgemeine Zeitung*

Schöffling & Co.